汉宝德

著

汉宝德的人文行脚

生活·讀書·新知 三联书店

本书为（台湾）博雅书屋有限公司授权生活·读书·新知三联书店
在大陆地区出版发行简体字版本。

图书在版编目（CIP）数据

汉宝德的人文行脚／汉宝德著．—北京：生活·读书·新知三联书店，
2017.3
 ISBN 978 - 7 - 108 - 05422 - 7

 Ⅰ．①汉…　Ⅱ．①汉…　Ⅲ．①随笔 - 作品集 - 中国 - 当代
Ⅳ．① I267.1

中国版本图书馆 CIP 数据核字（2015）第 157192 号

责任编辑　张　荷
装帧设计　薛　宇
责任校对　张　睿
责任印制　徐　方
出版发行　**生活·讀書·新知** 三联书店
　　　　　（北京市东城区美术馆东街 22 号 100010）
网　　址　www.sdxjpc.com
经　　销　新华书店
印　　刷　北京市松源印刷有限公司
版　　次　2017 年 3 月北京第 1 版
　　　　　2017 年 3 月北京第 1 次印刷
开　　本　880 毫米 × 1230 毫米　1/32　印张 5.125
字　　数　114 千字　图 43 幅
印　　数　0,001 - 8,000 册
定　　价　29.00 元
（印装查询：01064002715；邮购查询：01084010542）

序

　　这是作为一个建筑人的我，在繁忙的生活中对人文现象的关注，先后发表在《大地》《探索》《当代设计》的专栏选集。这类感怀性的短文可以更直接看出我的思想脉络，因为这些园地允许我随兴振笔直书，不必考虑媒体的立场，不必有发表评论意见的顾忌。想到哪里写到哪里，这本集子也可以视为我进入老年的心情记录。

　　内容可以大分为建筑、文化与环境。在建筑上，我主张现代主义的理性加上乡土主义的感性。在文化上，我是创新的支持者，但在内心里却以历史与传统为重。对于环境，我极端保守。人造的环境与大自然环境都应尽可能地予以保存。我主张开发应遵循生态的原则。

　　多谢出版社使这些感怀可以与读者见面，也感谢读这本书的朋友与我一起进入我的人文世界。

目　录

天人之间　127

序曲　传统、现代、当代

　　我常常想，生长在二十世纪中叶的我们这一代是很可怜的。我们在贫苦、动乱中成长，却又无来由地肩负着保存传统的责任与开拓未来的任务。我们手无寸铁，挣扎求生，在心理上却要为时代的转换负起大任，今天看来，这不是很可笑吗？

　　有时回想起来也不免哑然失笑。年轻时学建筑，动不动就要结合传统与现代，寻找时代风格，每天想着何为传统精神，何为时代精神。丝毫没有觉悟这些大问题不是毛头小伙子的任务。

　　诚然，何谓传统呢？建筑传统是指木结构、瓦屋顶的外观呢，还是按照老规矩的生活方式所安排的居住空间呢？精神究竟是指什么？均衡、对称是不是精神？翼角飞扬是不是精神？记得在那个时代，对传统有各种不同的说法。由于中国建筑基本上是长方形柱梁架构的格局，所以现代主义大师密斯的方盒子建筑，就被默认为钢骨造成的中国式建筑，好像密斯所努力的方向是无形中承袭了中国的传统。二十世纪六十年代，贝聿铭在日本大阪国际博览会上建了一座中国馆，是两根大柱子式的高塔，以楼梯相联结所形成的雕刻体。以当时后期现代的风格来说是很有趣的设计，只是有人会问，为什么不盖成中国式？哪一点代表中国精神？他们的回答是：这是自汉代以来的中国牌楼。

我听了他们的解释，觉得传统的附会实在已超出理想的范畴。

在当时，既然不愿意把传统造型延续下去，否定了"中学为体，西学为用"的观念，学者型的建筑教授就向纯精神方面找出路，他们找到了道家的思想，把《老子》中"无为"的观念与《庄子》中重自然的思想解释到建筑中，认为现代建筑的空间观实来自道家。成大的金长铭教授曾把《老子》中"损之又损，至于无为"视为密斯也就是后来极简思想的来源。这都是说得通的，但如此附会，不过是思想游戏，对于传统的现代化有何帮助，是值得怀疑的。

这种心头的压力直到"后现代"在范求利的鼓吹下到来，重新认定了形式象征的心灵价值才算解除。把传统建筑上特别引人注目的形式特色，或一直保留在民众的记忆中的象征找回来，加到现代建筑的外壳上，可以消除现代建筑中冷酷的感觉，回归人性。这是建筑思想的解放，传统不再是可厌的、应该被丢弃的垃圾了。西方所倡导的象征论，说明了我们认为冷酷的科技文明的产地，同样有感性的需要。我们是有数千年文明的传统社会，岂可以毫无保留地把传统丢掉？

传统保存的压力是解除了，但另一种压力却产生了。在我们还来不及重新思考传统意义的时候，由电脑新科技带来了一个全新的世界。不旋踵，传统又被遗忘了。此时已经是感官挂帅的时代。想象力乘着新科技的翅膀，在商业利益的驱策下，堂皇地进入二十一世纪。今天的年轻建筑师已不再谈传统了，他们背负的是未来。前卫建筑如同脱羁之野马，不但彻底摆脱了传统，更丢弃了文艺复兴以来追求的人性，向未可知的科幻式的世界挺进。这个新压力所促成的是新世代的一股豪气吧！

（本文出自《当代设计杂志》二○○九年七月号第一九七期）

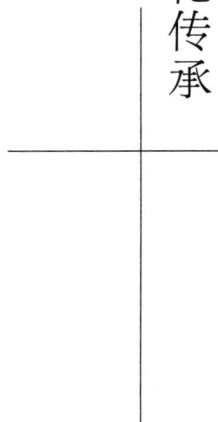

文化传承

原始与文明之间

　　大陆的西南区有很多少数民族，在我的心目中，与台湾的少数民族类似。最近有机会去云南的大理、丽江走了一趟，才知道他们的少数民族大多经过千百年的汉化，已经没有原来的味道了。

　　使我感到讶异的，是大理的白族、丽江的纳西族，其民居形式不但大部分汉化，而且完全接受了汉化。他们所说的白族民居，或纳西族民居，简直就是汉族的四合院或三合院，我想找到些原族群建筑的特色，却感到非常困难。这些民族的空间文化究竟留下些什么，即使在大陆少数出版物上也没有说清楚。他们指出的一些外观上的特色，在我看来，只是来自古老的唐、宋的传统，有别于明、清之后的中原建筑而已。文化独特性的消失是很可怕的。

　　有人告诉我，这些建筑确实代表他们的族群文化，但这是无法自历史上解说清楚的。目前所见的当地民居，在建筑品质上比起中原民居建筑，有过之而无不及，完全看不出在文化上落后于汉族的迹象。

　　有趣的是他们的衣着。到今天，大部分妇女仍然穿着本族的服装，似乎没有受到汉族的影响。这真是不可思议。我查了当地政府编印的出版物，上面详述了纳西文化的多种面向，连婚、丧、祭祀文化都有了，就是没有衣着的说明，所以查不出今天他们的穿着，纳西尚黑，白族尚白，有多少成分是原有的文化，多少是汉化的结果。但是整体看来，他们的服装是有特色的。尤其是年轻女孩子的衣装，这是不是基于观光的考虑而穿着的，一时也找不到答案。

有显著特色的当地地方文化，受到比较先进的文化的影响，逐渐被同化，实在是人类文化交流中令人感到悲哀的现象。所谓先进，指的是物质生活比较富庶，人民的日子过得比较舒服些。为了富裕的生活，比较落后的民族通常不惜丢弃祖先的传统，拥抱外来的文化。在食与住方面通常是最先被同化的，其次是有象征意义的衣着。最难改变的是信仰。

这种因交流而产生同化的现象，并不限于原始民族与文明民族之间；文明程度不同的民族之间，也有强势者对弱势者的影响。这就是为什么今天强势的西方文明，逐渐同化了全世界西方之外的民族。有古老文化的民族都以不同的态度抗拒西方的影响。抗拒的立场软弱的，同化得快；抗拒的立场强硬的，同化得慢。然而全面的现代化究竟代表弱势民族的胜利，还是失败？就要看你观察的角度了。

令人感到矛盾的是，我们既希望全世界的落后民族能够享受到现代科技改善生活的成果，同时又不能不承认进步的社会对原生民族文化的杀伤力。一个民族的文化及其生活方式是人类遗产的一部分，是不应该使它自地球上消失的，可是要怎么两全其美，既能保存原生的文化，又能使该民族过富庶的日子呢？

两者不能兼得，也许就是今天世上仍有许多民族宁愿放弃进步的机会，选择回到祖先的原始生活的缘故吧！

（本文出自《大地地理杂志》二〇〇一年五月号）

干、湿文化的沉思

　　人类的生存环境，因地理区位的不同而有干燥与湿润之分。自生存的观点看，雨水较多的地区，生物丛聚，易于求生，便于种族的繁衍，当然是适于人类集居之地。可是在原始时代，人与其他动物无异，困于地理环境，无迁移之知识与能力，只好在已有的环境中努力求存。正是由于这个原因，地球上才产生了那么多样的文明而各擅胜场，使今天的我们看到世上丰富而多彩多姿的文化面貌。

　　我最不能了解的是人类为何遍布全球各地。照理说，人类发源于非洲，应很自然地寻求河边多水的地区生存下去。当人口增多不得不迁移时，也应该向气候温暖而多水的地区移动，如地中海沿岸与欧洲地区。我可以了解埃及的尼罗河成为文明的发源地，甚至可以了解两河流域成为古文明的温床，可是无法了解人类向难以营居的沙漠边缘、石山之麓集中。在人类为数稀少的古代，何必跑去那些不易求生的地区呢？以色列人在摩西带领下，过红海到巴勒斯坦，所谓上帝承诺给犹太人的土地，不是说明人类所寻找的是地理环境良好的地方吗？

　　唯一的解释是基督教《圣经》中所说的，洪水之后的世界，诺亚的几个儿子带着子孙分别向不同的方向分散，又因为要盖一座通天的塔使上帝生气，让他们语言混乱，听不懂对方的话。换句话说，各族

· 河西泥屋

分别占有的地点，是神指挥了一切，不是人类理性的选择。上帝偏心，对某些支脉优厚，就赐他们多水的美地；对某些支脉示惩，就让他们在沙漠地带求生。当时谁想到沙漠里会出产石油这种黑金呢？

不只是在沙漠里，居住在海边的子民也没有好日子过。在原始时代大海是可怕的，与沙漠一样，没有良好的生存条件。只有当沙漠中有了骆驼与马匹，大海中有了船，人类才突破地理的限制，创造了各自的文明。很有趣的是，在干燥的国度里，伊斯兰教竟根深蒂固。西自非洲北部的地中海岸，向东过西亚、中亚、南亚，建立千年的基业。甚至多雨的印度尼西亚也伊斯兰化了。可是我始终觉得，只有牢固地在沙漠中矗立的圆顶大清真寺才是沙漠文化的象征。它在风沙中永恒地存在，不为时代所动，与伊斯兰文化一样，同海洋文化分庭抗礼。

住在海边的人类，没有远洋的船就脱离不了艰苦的原始生活。台湾岛上的少数民族与大陆沿海的人民一样，为躲避海洋而烦恼，多在雨林中过日子。但是欧洲的海岸居民却因船只的发明而享受探险生活，进而远渡重洋，包围陆地而称霸世界。荷兰是一个蕞尔小国，却能驾巨舰东来，占领台湾，把同在海岸居住的民众赶到山上去，过着更艰苦的日子。台湾的少数民族至今不愿放弃山居的文化呢！

大约十年前，我去大西北访古，看到河西走廊上干燥的地貌，居民所住的泥屋与大地融为一体，为沙漠的子民生命卓绝的精神感动不已。回想多年前所见阿姆斯特丹运河边的船屋在水面上摇曳生姿，实在是两个决然不同的世界。海洋文化成为主流，但沙漠文化仍不失为人间之瑰宝，值得我们去探索、品味。

（本文出自《探索杂志》二〇〇九年十一月号）

中国的刻石文化

中国文化有多种特色，其中最具有独特性的就是刻石。

世上历史悠久的文化都有刻石，但是他们大多用在建筑与雕刻上。自中亚、埃及到古希腊，不知用了多少石头，建造了多少富丽雄伟的陵墓与庙宇，刻出了多少神像，那都是人类文化的瑰宝。而这些，在中国都没有。因为中国的文化中没有永恒的观念。

中国人自古观察自然，知道不休止的变才是宇宙之常。生命是短暂的，但生生不息是自然的常规。因此中国人要纪念自己的存在，不去劳民伤财，搬运大石头建造纪念建筑，而要立德、立功、立言，以德业传之后世。在中国，只有昏君如秦始皇才建造庞大的陵墓，可是他也不相信权力的永恒，还是偷偷地建在地下，怕被后人发现。同时他也不使用石头，用会腐烂的木头做地宫，用泥土做兵马。可见在内心的深处，秦始皇知道一切总要回归尘土。

可是中国人了解石与永恒的关系。石并不永恒，但与人类短暂的生命相比，它近乎永恒。因此自古以来，中国人就把自己的功业，用文字刻在石上，以垂久远。否则，即使有了道德与事功，也无法保证能传之后世！中国人之异于他文化者，在于我们乃以文字在石上刻记，比起建座石头屋子要"文化"得多了。

· 金门刻石

· 金门刻石

在这方面，秦始皇也是始作俑者。他封泰山，留下著名的泰山刻石，至今剩下二十字存在岱庙，已无法知其文意，但工整有力的小篆，若没有刻石早年的拓本，恐怕留传不下来了。其实秦人早就知道刻石的妙用，战国时代的石鼓刻文，到唐代被重新发现，成为石文的经典。若不刻在石鼓上，哪有这样标准的大篆供后世的书法家临摹！

汉代以来，刻石之风大盛。有刻在山石上的，称为摩崖，有名的

· 泰山刻石

石门颂与西狭颂就是很好的例子，但仍以刻在石版或石碑上的居多。原藏在曲阜孔庙中的很多汉砖，都成为汉隶的典范。其内容无非歌功颂德。太学中则有刻经文于石上的永久课本。流风所及，自魏晋、南北朝到隋唐，都留下不少刻石。北魏到隋唐甚至流行墓志铭刻石埋在墓里，为后代留下不少书法范例。佛寺刻经也是这时候开始的。

这种风气到了宋代以后就过滥了。文人雅士不但喜欢把文章刻石，尤其喜欢在名山上摩崖题字。印刷术普及后，文章刻石渐不需要，摩崖刻石却更流行了，而且流行到令人生厌的程度。

我第一次看到文人刻石是二十世纪七十年代到金门访问，看到海边的"虚江啸卧"。那几块大石头，错落有致地横卧在崖上，刻着几组大小不同的文字，在苍天碧海之间，予我深刻的印象。我不禁赞佩中国文化的深厚，与中国文人的风范与气度。近年来在大陆旅游才发现，不但明清文人胡摩乱刻，使刻石形同"到此一游"般轻率；地方干[部]也不忘刻石为自己留名。在名胜地区，包括泰山在内的山崖上，不断增加的政治人物的题字，使得文化气息降低，权势意味增加，刻石文化泛滥成灾了。

（本文出自《大地地理杂志》二〇〇一年六月号）

台湾岛的桧木文化

说木材是一种文化，好像有些言过其实。可是人类文明产生于自然与心灵的互动，木材是生存环境的产物，与使用者产生情感的互动是理所当然的，也因而成为生活中的一个因子，自然地融入文化之中。

我在建筑系时曾念过一门"建筑材料学"，记不清老师教了什么，只记得谈到木材时，桧木最受推崇！因它色匀、木纹平直没有节疤，是最理想的结构材料，但当时并未留下深刻印象。然而桧木是台湾岛的特产，每年生产的桧木大多销往日本，因此是"珍贵木材"这一事实，我毕业后不久就感受到了。同时我也体会到台湾人对桧木的感情深受日本人影响，因为日本才是专业桧木的国度。

中国用泥土与砖建屋，日本用木材建屋，因此日本人较懂得使用木材，也考究木材。在建筑上，有大木、小木之分，大木是指建屋的梁柱，小木是指家具。我们有钱人家也用梁柱，但高级木材不易得，也无从考究，所以才发展出漆的文化。在中国，木材是看不到纹理的。日本人考究木材，实际上是考究木材的纹理。

日本人重视大木，而大木多用纹理整齐的乔木，因此他们以色泽均匀、木纹平直为上。这方面桧木是最高级的，台湾高山上生长的桧木又直又高，就成为他们心目中的宝贝。他们的建筑，大自梁柱地板，

· 日本奈良法隆寺之桧木建筑

· 台湾麻豆林宅的松木建筑

小至台几、箱匣，无不以桧木的纹路为标准。

美国也是多木材的国家，建屋多用木材。可是他们没有桧木，用得最多的是松、柏之类。因此美西在开荒时代发展的一套木材价值观，是多疤的松木纹理，他们认为深色枝节的木纹才是美。二十世纪中叶，美国中产阶级建屋，流行使用木纹贴面的夹板，也是以多疤的松木纹印制。我曾在民生社区的公寓中用这种夹板装修，朋友们都说是美式住宅！

欧洲与美国的有钱人则使用硬木，他们的建筑以橡木或桃花心木为常用材料。紧密的纹理、坚硬的表面，体现了西洋文化中的木材价值观。有钱人家，不但桌椅、书架以硬木制成，墙板、门窗、地板也是深色硬木。当然，欧美建筑高大，家具多，进门又不脱鞋，与木材距离不及日本人接近，因此木材文化也没有日本发达。

台湾原本也重视小木作，所以大家都喜欢红木家具，这是承继大陆紫檀、黄花梨等硬木家具的传统演变而来。在传统上我们不喜欢桧木，可是受日本文化的影响，近年来大楼地板大多舍早年深色柚木或榉木，改用北美进口的浅色桦木，这是因为桦木色泽淡，较接近桧木，对需常常擦洗、与脚底接触的木材，我们不自觉地会以桧木标准来衡量。桧木主导我们的居住环境观，怎能说它不是文化呢？

（本文出自《大地地理杂志》二〇〇五年七月号）

发人省思的恐怖文化

近年来，中、南美洲的考古发掘很有成就，使我们对最不熟悉的红人文化有了基本的了解。人类文化实在太多彩多姿了，谁能想到在遥远的太平洋彼岸，发展出几乎与我们的商代同等级的文化呢？

使我感到极大兴趣的，是世界各地区的文化，当其始，都有些共同特色。他们都爱建造庞大的纪念建筑，都观察星象作为行动的指南，都有近乎象形的文字，都对超自然的力量有恐怖性的信仰，而且都有活人或活体牺牲的仪式。因此，我们看了中、南美洲古文化的遗物，不期然就会想到中国商代的文物。其图案风格十分接近，甚至粗看起来，以为有文化传承的关系。

可是为什么各古文明的命运如此悬殊呢？

关键在于这个文明是否产生了人文精神。人类的创造力是很伟大的。在原始的时代，既无科学知识，又无精密工具，人类建造了精准的建筑，创造了细致的雕饰，即使到今天仍然令我们叹为观止。所以文明的存续与发达与否和技术、科学无关，与人类心灵的开放与否有关。心灵开放就能了解人之为人的意义，肯定人自身的价值，就能珍惜人类所创造的文化。

我自考古学者的叙述中发现，印加文化的信仰，基本上认定超自然的力量，也就是诸神，是人类的敌人。他们似乎把人类当成他们的俘虏，可以予取予求，甚至与野兽一样享受人类的鲜血，因此人类挣脱他们的控制，引起他们的暴怒，才一再地用天灾来惩罚人类。这个文化中的人类生存于恐怖之中，所做的一切都在平息天神的怒气，甚至不时要以活人的牺牲来满足天神，得到暂时的平息。在这样的文明中，人的地位卑微，人与人之间无法有爱心产生，因此无法产生美好的心灵世界。他们的陪葬品也只能使人感到战栗与悲苦。

每个文明开始时都有类似的信仰。基督教的旧约时代就是天神恐怖统治的时代，犹太的始祖亚伯拉罕就有向神献亲生儿子为牺牲的故事。可是经过耶稣降生，带来了神爱世人的信息，爱遂成为西方文明的基石。爱最终成为一种心灵的力量，使人类建立起今天共存共荣的世界。中国的文明在商代也是笼罩在恐怖中，一举一动都要占卜，仪式之重要者要有牺牲，死后陪葬之风流行。幸而到了周代，文武、周公、孔子，几百年间发展出以仁为基础的人间关系，建立了中国式的人文思想，与大自然和平相处，使中国人成为有数千年历史的文明民族。

人类只有不对超自然力量产生恐惧，才能发展正常的人与人间的关系，才能化对立为互助，发挥人类的智慧，克服环境的困难，众志成城，逐渐累积为灿烂的文明世界。自此观点看，西方文化的支配性力量，其种子发之于爱。直到今天，仍然在成长中。

（本文出自《大地地理杂志》二〇〇二年九月号）

温泉的自然与文化

　　日本人统治中国台湾五十年，留下很多痕迹，其中之一是山区温泉的开发。

　　台湾这座岛与日本列岛都在西太平洋的火山链上，当年地壳变动形成的山岭起伏，不但创造了自然的美景，同时留下一些温泉的源头。日本开发得早，温泉区的休憩观光早已成为他们生活文化的一部分。

　　日本人之所以发展出温泉旅游的特色，与他们的文化背景有关。他们承续了中国人爱好自然的哲学，对于山川之美是无上仰慕的。山居是文化人的梦想，只是在现实中不易做到而已。

　　由此产生了另一种文化，喜欢用热水泡澡，并视为一种享受。

　　日本式的大型住宅里都有相当考究的沐浴设备。古代的中国人如何洗澡，却无法自传统建筑中找到答案。我记得儿时在老家，暮春炎夏季节总是脱光衣服跳到村外的河里洗澡。至于深秋到冬天，则很少洗澡；过年、过节时，才坐在木盆里，由母亲代为擦洗。

　　喜爱山区的自然风光，加上泡澡的文化，使日本人对台湾的山区感到很亲切，也就以他们的方式开发了一些温泉区。然而不知何时，另一种特色又加进来了，那就是日本的狎妓文化。

　　世上每个民族都有娼妓，近世的中国，道学味重，青楼的风雅就慢慢消失了。日本与韩国都视狎妓为人性之自然。二十年前我到韩国拜访一位友人，他是汉城大学的教授。他招待我，就请了美女相陪，使我惊讶不已，颇感局促不安；他则左拥右抱，神色自若。使我体会到自然的文化观包括男女接触在内。

也许是这样的理由吧，山中满目青翠的旅社，加上大地涌出的温泉，没有美女在座，他们仍然感到不够圆满。当然了，一种高雅的理念，一不小心就落入流俗。到了大众文化泛滥的今天，这种高尚的自然哲学，就不免沦为物欲。战后的台湾，一度成为日本商人出国猎色的首要选择，台湾的温泉旅社不期然地沦落了。

"九二一"大地震之前，我的同事受命负责振兴南投观光事业，曾邀我到东势访问，提供一些意见。

我发现观光事业的开发，已经把带有浪漫色彩的温泉区山居理想完全抛弃了。为了容纳很多观光客，他们建设高层的旅社，把优雅的山色摒除；并在建筑物内设计了人工的水泉与池塘，供孩子们戏水，自然温泉的风光完全消失了。

商人为了追求利润，希望地尽其利，原来幽雅的街巷，经过凌乱的开发、毫无风格的建设，成为景观不堪入目的小镇了。

我们想要革除日本温泉文化的性格，却没有创造一套自己特有的温泉文化。既无高尚的理念，又无塑造环境美的能力，温泉反而成为商机，成为卖点，其真正的精神，隐而不显了。

我在几位友人的陪同下，在东势街上走了一趟，没有说一句话。要如何提高温泉观光的水准，使它表现出自然文化的真义呢？老实说，我不敢抱太大的希望。

（本文出自《大地地理杂志》二〇〇一年二月号）

玉文化

没有人否认中国人爱玉、崇尚玉，中国古代的贵族身上总是带着多种玉器，死后身上系的、嘴里含的也都是玉器，竟是生死都不离身的。所以自文化的意义看，中国人不只爱玉，简直视玉为生命。

今天的中国人虽然爱玉，也会听信一些玉能消灾的传言，可是没有人相信玉与生命相关了。我们只能说，现代的中国人喜欢以玉为饰物。只这一点，就能使玉器成为一种最有吸引力的休闲性商品。因此，只要有中国人聚集的地方，都有热闹的玉市。

玉是一个很笼统的名词，对不同背景的人有不同的意义。这主要是个人的文化底子不同的缘故。大体上说，古人"石之美者为玉"的广泛定义，到今天还是可以通用的。所以玉没有假的，完全看你对它的定义要求有多严格。比如中国人把在宫殿建筑台基上使用的白色大理石称为汉白玉。大理石都可以称玉，还有什么不是玉呢？

其实玉是一种比宝石软、比一般石头硬很多的近似宝石。因为够硬才可雕为饰物而不会磨损，但也因太硬，故要巧匠才能雕镂、打磨，这是古代玉器之所以非常珍贵的原因。即使这样，这一类的玉还被今天的矿物学者称为软玉呢。这种玉大多是半透明的，所以才有温润的感觉。中国玉各地都有出产，颜色种类甚多，有白、黄、青、绿、青白、

· 汉玉剑饰器

黑色，其中以纯白与黄最为贵重，青、绿者为多，一般较佳的古玉器以青白玉为多。

可是对一般人来说，玉就是坚硬、光滑、透明又美观的石头。今天的女性最喜欢的是翡翠，是绿色又透明的硬玉，是缅甸玉。这类玉之低品质者就大量进口，由于便宜，也颇有销路。颜色真正达到翠绿而又晶莹剔透标准的，市场上看不到，都被贵妇人重金收去了。

对于喜欢温润的中国玉器的人，这几年有大量的货源，那是因为中国大陆为了市场的需要，开发和田矿，白玉也就源源不绝，而雕镂之工由于现代机器之便，亦大有进步。也有新创的，也有仿古的，可称琳琅满目。可是喜欢这类玉器的人，已经需要一些中国情了，比起爱硬玉的女性来，人数要少得多。

真正爱玉的人，是只喜欢古玉的。因为古代的机器简单，全靠手艺，所以自然有一种人性的光辉。但是古玉的学问很大，不是一般人弄得懂的。大家比较能接受的古玉，并不甚古，以清代产品为大宗，有少数明代的遗物。可是仿品很多，今天即使是专家也很难辨别了。有些

· 汉镂空龙凤纹玉璧

爱古玉成痴的人，虽常买到伪货，却越挫越勇，不停地到处寻觅。这就是中国玉文化散发的魅力。

科技的进步把玉世界的神秘性打破了。现代的技术可以改善矿物的视觉品质，可以大量制作仿品，可以提供几乎乱真的替代品，对于衷心爱玉的人，这是玉文化的悲哀，然而却因此把富有者才能拥有的饰物普及于大众，也许正是玉文化普及的良机吧！

（本文出自《大地地理杂志》二〇〇二年十二月号）

纸的文化

　　我对纸的制作所知有限，但是我知道纸是文明的产物，且具有文化的意涵。

　　比如东方与西方都掌握了制纸的技术，因此能广泛传播知识，建立起稳固的文明根基。但是东方与西方在文化上之差异，表现在很多方面，纸的差异，也是一个重要的端倪。

　　中国人发明了纸，据说自秦汉之前就使用了，到汉代就成熟地发展出我们今天所知道的制作技术。汉代是中国文化的第一个分水岭，很多传统的技术是自汉代流传下来，为我们的祖先使用，直到现代化来临之前。自考古发掘中，发现陪葬品中有很多日常生活用具的模型，使我回忆起童年时北方的农村生活。有些设备比起我记忆中的还要进步些。比如汉代在厨房炉灶上就有鼓风的设备了。

　　一般说来，中国文化有一个重要的特质，就是简单、自然；纸的制作是最好的例证。我们造纸，是使用自然界多纤维的植物，加以蒸煮成浆后，再在过滤网上重新组合为片状。虽然两千年间，技术上不断改进，达到十分精致的水准，但在制纸的基本观念上没有改变。中国纸是自水中捞起来的纤维质所自然组成的。

　　制纸技术传到西洋，对西洋文明的发展造成极大的影响；纸张与印刷术创造了西方现代文明。可是洋人在纸的制造上却不能不有所改进。为什么呢？因为中国人用纸是很平民化的，主要用在日常生活之中；西洋人却用来在少数人间传播观念，尤其是宗教经典。所以，最初纸在西洋是贵族使用的材料。他们的书籍一开始就是皮面精装，内页彩画，视为重要的艺术品或财产，十分珍贵。这与中国早期的书籍以"卷"为单位，也就是卷成圆筒形，是完全不同的。他们要厚要硬，我们可薄可软。

另一个重要因素是笔墨。中国用软笔、炭质的墨，很容易吸收到软质的纸里；西洋用硬笔，纸面必须平、光，才便于书写。对西洋人来说，纤维的存在是纸的缺点。

基于这些理由，西方在造纸技术上就朝既厚又硬又平滑的方向发展。到了近代，他们不但要用繁复的技术，要用树木为材料，而且要用化学原料来完成分解与结合的过程，使得高级的西洋纸成为精致的人工造物，来迎接精致印刷的世纪。我们今天能随时看到精美的彩色图片，是拜西洋纸之赐。

可是中国纸呈现出中国文化简单、自然的美德。它可以粗糙，可以精致，随用途而异，却一再保持着纤维质的特质，使用草木，不至于砍伐；光滑的表面亦为纤维质自然形成。中国纸最大的特色是不怕水，甚至予人可以遇水再生的印象。我们都有洋装书遇水的经验，一本漂亮的书，遇水即粘在一起，不堪阅读。中国的印刷物却可以入水清洗。我们知道中国的古画，画在绢上的，经久变色，甚至有变暗到不堪辨识的。可是画在纸上的，经千百年流传至今，下水重新裱装仍可焕然一新。这种特质使宣纸与墨的中国画，即今天所称的水墨画，成为中国文化最显著的表征。

（本文出自《大地地理杂志》二〇〇二年四月号）

日本古文化的传承

最近一位极右翼的日本漫画家，感叹日本精神的沦落，认为台湾地区是日本精神的保存者。这种说法引起台湾人的反感，认为是对我们的侮辱。

平心静气地说，我们的日常生活中几乎少不了日本的产品，在莺歌的陶瓷街上都会买到日本货，不用说日本人经营的百货店了。近年来，台湾的青少年竟成为新一代的哈日族，日本的明星把这些孩子迷得神魂颠倒。但我们实在并不真正了解日本精神为何物。

日本最难于了解，也最令人羡慕之处，乃是为什么他们可以快速地吸纳外来文化，而同时保有传统文化。中国人自古以来就主张革命，又有"苟日新，日日新，又日新"的主张，所以勇于抛弃过去，求新求变。对一个中国人来说，似乎不除旧就无法布新。可是几千年来不断的改革，多为改变，没有彻底变化，直到沦落为贫穷不堪的国家。近几十年的台湾，十几年来的大陆，除旧布新，并接受西方科技文明，开始有大幅的进步，然而却轻易地把许多传统丢弃了。

中国人到日本观光，应多注意这一项优点，认真地向他们学习才好。日本的京都，是观光客的胜地，但也是观察日本如何结合现代与传统的好地方。

· 日本京都金阁寺

日本人并没有刻意保存古代市街的风貌。如果你希望看到如同威尼斯或佛罗伦萨的古代风貌，那会失望的，因为沿街都现代化了。但是在现代面貌的后面，京都展示出的日本基本上是传统的。

京都的传统风味可分为三个层面，第一个层面是著名的古迹，也是大量观光客集中的地方：山边的古寺，如金阁寺、龙安寺，以及皇家宫苑如桂离宫等，都保存了真正代表日本的古文化精神，是不必多说的。

第二个层面是散布在多处的、不太著名的寺院，有些大庙如本愿寺，有些采住宅形式的，如大德寺。这些地方的观光客不多，尚为僧侣所用，历史较短，但所呈规的却是真实的传统风貌。

· 日本茶馆

　　第三个层面是生活。日本人在休闲生活上最能主动地保存传统。

　　他们的若干旅社、餐馆常常是新建的，却完全采用传统的风格，结合了建筑、园景、装潢与器物，甚至着和服的服务人员，非常诗情画意地呈现出日本文化优雅的风貌。如果有兴趣投宿民间，即使不懂日语，也可以体会到他们精致的美感与传统的礼节。

　　日本人的可怕之处是赌命的精神，可爱之处是对文化遗产的珍惜。一方面发展最先进的科技，一方面传承古老文化于现代生活中，使现代与传统并存，是日本人独特的手法。先做到并存，再谈融合，才能创造民族的新文化，与中国人的先除旧再布新比较起来要高明得多了。这一点不值得我们反省吗？

（本文出自《大地地理杂志》二○○一年三月号）

消失的历史感

一九九二年底，我为科博馆中国科学部分的展示到大陆参访，到北京时，抽暇去了一趟八达岭，瞻仰代表中国文明精神的古长城。虽然游客众多的这一段长城是近年来修过的明代长城，仍然足以使人感动。

记得那时候，是大陆改革开放初期，并没有多少建设，通往八达岭是一般的公路。我们乘旅行社的车辆，缓慢地穿过平原，进入丘陵，途中经过明代帝王的陵墓，过居庸关，到长城边。虽然乘汽车，仍可感觉到千百年来中国历代经营京畿防卫的种种努力。当时汽车仍可通过居庸关，我们下车欣赏元代所建的关隘，及门堂壁上著名的石刻，还可以用手摸一下。因为路过的人少，我们可以尽情欣赏。

当时的长城边，虽已有些旅客，但旅游设备简陋，洗手间不大卫生。附近摊贩很多，甚至有可以乘坐照相留念的骆驼，等待游客照顾，整个印象是落后的，但是走到城下使人萌生攀登长城、纵目天下的豪情壮志。这就是记录了中国两千年历史的长城，我居然能亲身登临，见证千古遗迹，岂能不感怀系之。

二〇〇一年秋，为陈其宽先生画展，受邀到北京参加盛会。会后安排了旅游，为了方便内人与我的活动，请人派了一部车子带我们去长城。九年之隔，大陆已是准现代化了。去八达岭，走的是高速公路，我们与司机聊聊天，距离似乎消失了，历史感也消失了。

自高速公路上遥望丘陵，地理感也不明确，进入山区后，不多会儿，司机说这里就是居庸关。我略感讶异，原来汽车自关之下方急速驶过，只能看到新建的观光设施，要参观必须停车买票才行。居庸关已经与地理环境与历史感脱节，成为贵重的商品了。

到达长城脚下，我无法唤回九年前的记忆，车子停在停车坪上，我们要排队买票，由缆车带我们上城，完全不用体力，只靠机器载运到顶上，自车站出来，看到群众在起伏的长城上挤来挤去，像一群蚂蚁。这是目的地，我们也只好挤进去，随着群众盲目地上下走一趟，设法为内人照了几张相后，就意兴阑珊，决定打道回府了。不用说，仍然挤缆车下城，回到停车坪上。

我没有重温当年瞻仰长城旧梦的感觉，似乎到了一个完全不同的地方，也许是某一个游乐园吧！

观光，被称为无烟囱的工业。近来谈文化创意产业，观光又被视为文化产业。无论怎么称呼，观光对于文化遗址可能造成极大的伤害。有些人重视的是对古迹的直接破坏，可是过分强调其经济价值，增加太多可以收费的周边设施，却足以使古迹丧失其感情价值。

以长城的八达岭一段来说，可能是一只金母鸡，世上少有的高生产力的古迹。其硬体经过修理及不断的维护，游客的压力并非不能承受，但如果不甘心失掉做游客生意的机会，就大量地从事观光建设，不惜牺牲古迹的原有景观，才是对文化遗产最大的破坏！发展文化观光是必要的，但要以敏感的心灵、细致的方法进行建设，才能保存原貌，使游客发思古之幽情，而有不虚此行之感！

（本文出自《大地地理杂志》二○○三年六月号）

自记忆中寻求生命意义

到了二十一世纪，人类感情生活的领域大大地扩展，使新一代高科技社会中的人类，成为多愁善感的动物。是我这一代人年轻的时候完全想不到的。

记得在一九六四年我到美国不久，恰遇纽约举行世界博览会。当时正是人类意气昂扬的时代，对科学与技术抱着无限的信心。在博览会中有不少对未来的憧憬与向往。那正是英国一群年轻建筑师把未来的城市想象成大怪兽，人类则住在抽屉形空间的时代。年轻人义无反顾地勇往直前，准备抛弃一切怀乡的情绪。在博览会中有一个展示，甚至推断未来的人类生存在电子子宫里，受到科技无瑕疵的供养。即使是美国式的乡间住宅，至少是可以随着阳光旋转，按季节气候改变的智慧型机器。谁能想到不到二十年，人类的生命观就由太空勇士型的纯理性，变得有些娘娘腔了。

十一月间我到美国访问，最后一站到了旧金山湾区，到女儿家里过感恩节。她家新换了房子，因此很骄傲地带我上下、内外走了一遍。我没有感到兴奋，因为近四十年过去了，美国的家居生活基本上没有改变，也许面积大了些，可是从建筑上看不到任何科技的痕迹。反而时时出现怀旧的装饰。新科技时代的来临，似乎使人类的感情更脆弱了，更需要自记忆中寻求生命存在的意义。

诚然，我发现美国越来越多愁善感了。他们的历史短，本没有什么好追忆的，但是每个人都有自己的记忆。在自己短短几十年间活动的环境，都构成我们的记忆，都可引发我们的乡愁。有时候，具有回忆价值的建筑环境比起有古迹价值的历史建筑，对我们更加重要。

因此，一些构成很多人共同记忆的破旧建筑都成为保存的对象了。由于舍不得拆除这些旧建筑，才产生为何保存、如何利用的问题。我在芝加哥看到一座儿童博物馆设立在码头的废弃仓库里，在洛杉矶看到一座著名的建筑学院设立在铁道边的废弃仓库里。在旧金山，海边的旧建筑多已用完了，渔人码头早已成为观光区，最近又动金门大桥周边军营的脑筋了。由于国际形势改变，实在没有驻军把守大桥的必要，因此这些军营不再驻军，就成为废弃的建筑。

他们在大桥的对面几栋不起眼的仓库里，也设立了一座儿童探险馆。军用地带土地宽广，建筑简陋，我认为应该建一座像样的博物馆。可是他们认为这几栋一层的木屋子是旧金山的历史建筑，舍不得拆。我实在想不到他们的心灵会如此的脆弱。

在台湾，也许真正的科技社会还没有建立起来，所谓废弃空间的保存、利用并没有得到社会的普遍支持。到目前为止，自上而下的再利用计划也没有成功的案例，所谓共同的记忆仍然是少数学者的认知。近年来，文化界对本土的关怀，与地方历史文物的再发现，逐渐提醒我们记忆中有一个甜蜜而值得留恋的世界。这是乡土爱的基础，也是生态保存的基本动力。

（本文出自《大地地理杂志》二〇〇三年一月号）

历史要怎么保存?

在文化资产保护发展的脉络中，隐约地看出一条线索，那就是自有形文物的保存，渐渐发展为无形文化的保存，进而希望保有人类的珍贵记忆，也就是历史。这是二十一世纪人类在高科技快速进步的时代里，所患上的思乡病吧!

以古建筑物的保存来说，早期的保存只着眼于重要的、具史迹价值的建筑。保存的目的是希望它们不要在我们的眼前消失，因为它们的造型太经典，具有艺术史、科学史上的研究价值。因此，当时的主张是选取最重要的建筑，以现代技术保存。后来大家都觉得这样是不够的，因为建筑终究还是要衰老的，只有一个躯壳，失掉了精神，经过几次修理，原物的本貌就不见了。所以，大家体会到，要保存古建筑，还要保存建造的技术与工法，乃至建材的制作等，也就是要把老建筑建造的文化整个保存下来，这是很难的。看看日本人的保存精神，还是可以做得到的。日本人用这样的精神，保存伊势神宫已经一千六百年了。

可是好古的朋友们还不满足，他们认为建筑物再重要也比不上人重要，因为建筑是人创造的，怎么保存人的事迹? 其实，建筑保存是手段。不论是各界名人，还是一般大众，都是历史的创造者，他们都进入历史，不能复现。我们要记得他们，怀念他们，只有通过有形的遗物，而遗物之中又以建筑规模最大，最可提供历史的想象空间。所以保存古建筑不一定选在建筑方面最有价值的，应该视这建筑在当年的历史舞台上有没有重要性。

自此推下去，不一定与历史名人或与历史重要事件相关的建筑才应该保存。一般民众建造了市街与城市。好古者恨不能回到过去，或把历史拉回来，重温一场旧梦，才能消幽幽万古之愁。实在说，没有那么多古老的东西可以留下来。我承认，在感情上，我属于这一类好古者，虽然在古迹维护的立场上，我表现得颇为理性。

我不能不想，对于好古者，历史要怎样保存才能让他们满意？因为在文明史的时间轴上永远有过去、现在、未来之分别。我们只知道现在，明天之前的过去会被淡忘，只能在记忆中引发我们的乡愁，而未来实在只能推想，无法确知。问题是未来代表希望，我们不应该也无法阻挡满载期待开往未来的列车。我们无法回到过去，想留着过去，保存代表过去的建筑与文物，实如同在急流中逆水行舟，在打一场永不会胜利的仗！

我们并不是真的想回到过去，因为我们不会喜欢贫穷、劳苦、受统治者迫害的痛苦生活。好古的朋友们希望保存麻风病院与精神病疗养院，不是希望保存疾病，而是要保存那段历史的证物——那些慈善机构。然而历史是不能保存的，只能通过保存建筑而再造历史的想象。我很想对那些反对保存的人们说，保存这些对现实的人生确实没有意义，但文明人需要思古之幽情，如果没有绝对拆除的必要，就请保留下来吧！

历史无法保存，要保存的是千古之想、万古之愁。要想、要愁，才有生命价值的体认。

（本文出自《大地地理杂志》二〇〇五年一月号）

乡土文化意识的建立

前些日子，台北市文化部门先后通过了两个巷道的名称，在地方文化的记忆上颇有开创性，一是云门巷，一是皇冠巷。云门在表演艺术上的贡献，是众人皆知的，可是舞台下却没有人知道他们的工作场所在何处，台北市民似乎并不在乎云门是不是发源于台北。

同样，《皇冠》是一本拥有广大读者的杂志，出版了五十年，应该是台北市民的骄傲才对。可是台北市民很少想到它的地缘关系。唤醒市民们文化地缘的记忆，对于文化意识的建立是大有帮助的。

年轻的时候，我到欧洲旅行，当然是以探访重要的建筑与城市遗迹为主要目标，对于博物馆，我只是走马看花地逛逛，了解其大要，并没有花太多时间。可是我对著名艺术家的故居却有很大的兴趣。如果有机会，一定往访，而且细心地观察居住空间及生活器物，设法想象这些艺术家的作品与他的居住环境之间的关系，而不禁神往。在西班牙我看过毕加索的故居；在比利时，我看过鲁本斯的故居；在荷兰，到过凡·高的住所；在德国的耶纳，看过席勒的住所；在法兰克福拜访过歌德的故居，都留下深刻的印象。

那时的台湾，处处都矗立着蒋介石先生的雕像。但是到欧洲旅行，公共空间，甚至公园里，所看到的雕像都是当地的艺术家，我的心中泛起一股敬佩欣赏的情思。我们自诩为有五千年历史的文化古国，却因为战乱，使政治与军事永远凌驾于文化之上。我们崇拜的是政治领袖，不是文化界的巨人，至于地方上的文化人，更不在我们的记忆之中了。

其实在过去的中国，对于乡土风情、地方人士也是非常重视的，每一县都有地方志，详细地记载当地的重要人物、公共事迹。中国的正史很精简，对于一个大帝国的历史，只能勾画一个大概的轮廓，要知道详情，非看各地的地方志不可。中国文化有三不朽之说，因此凡是立德、立言、立功的人物，大多都会名垂青史，国家政治人物当然载入正史，对地方有所贡献的人也可以载入地方史。只是以文字纪念历史人物的中国传统，与以建筑和地点纪念历史人物的西洋传统，有相当大的差距。在地方志的意义因都市化、工业化的社会高度流动而失去重要性后，文化的地缘价值就值得重视了。

换言之，在建筑空间基本上是静止少变化的过去，乡土的情怀与记忆是靠文字在维系的。到了居住环境瞬息万变的今天，乡土的情怀则非由建筑与地点来维系不可了。大陆近十几年积极地进行城市建设，几乎把原有的城市拆光了，因此对于名人故居与历史史迹开始注意起来。特别是有实据的民国以来的重要人物，与红色革命相关的史迹，都由政府指定保存。

台湾在乡土文化优先的呼声中，为艺术家与文化人设立地标、维护故居，是十分必要的。

（本文出自《大地地理杂志》二〇〇四年四月号）

古文物流失的悲剧

一九九七年夏天，我去山西探访古建筑，在平遥逛了一天。由于导游对古城的观念并不熟悉，所以我们一行是以看宋、元的古寺庙为主，顺便看了乔家大院与钱庄等。在城里走动时，感受到浓浓的古味，当时我浑然不知地方政府有拆城的计划，而且以为类似的古城在山西还有不少，直到后来听说平遥已被列为世界文化遗产，才懊悔当时应该在城里多事停留，对其城市构造与民间建筑多些了解。

山西在清代，一度曾是全国富庶的省份之一。加上地处边远，自唐、宋以来，战乱相对较少，所以保存了不少古代的建筑与雕塑。中国明代以前古建筑与寺庙传下来的很有限，有之，大多在山西。所以山西是文化资产的宝库。

可是大陆开放以后，山西因处内陆，在发展上落后沿海城市。民间困顿，常常带来文化资产的浩劫。近十年来，大陆流出海外的古物，在地面下挖掘出来的，多来自中原一带，地面上的文物，则来自山西。首先是家具。山西保存了明、清古老家具为数众多，至今仍在使用。木质虽未必高级，但造型古朴可观。近年港台地区，甚至美国开始流行收藏山西古家具，流出的数量以货柜计算，不出数年即可淘空。

其次是佛像。宋、元以后的木雕佛像，自二十世纪三十年代后即大批公然出卖，精品都在欧美博物馆中，山西所剩无几，但仍有零星的次要品偷运出境。泥塑因搬动不易，所以留存尚多，是为大幸。壁画也不易移动，但外国人以割切方式移走的例子也不少，如纽约大都会博物馆就有半壁之多。可是近年来，泥塑开始在市场上出现。几年前在古物市场看到一尊两米高的宋代泥塑菩萨，被新加坡博物馆派员来买去。有名的事件是某庙的十八罗汉的脑袋失踪，辗转来台，被某收藏家购藏。此事后来被政府发现，决意严查，收藏家知悉后，慷慨捐出，使物归原主，脑袋回到身体上，传为一时佳话。

最后是建筑。建筑体型庞大，无法搬动，出卖不易，可是能卖的也被出卖。几年前，台北的古物市场出现了一组建筑上的琉璃鸱尾及正脊，看上去是明代以上的东西，应该是从古建筑上拆下来的。不久前我又看到一组，可见琉璃瓦件也是有市场的。我虽不认为山西人会拆了古建筑卖琉璃构件，但很有可能在修古建筑时，用新品换下古物，卖给古物商人。

我们很惋惜山西保存的那么多丰富的文化遗产渐渐流失。但是全世界都面临同样的问题：贫穷地区的人民为了现世的生活，不惜牺牲文化遗产，其结果，可移动的东西散到世界各地，脱离了原有的生态环境，不可移动的如建筑则千方百计想拆除重建。平遥当然也不例外。古市镇的保存一定要视为国家的重要政策，除了保存外，还要为市民寻求发展的出路，提升他们的生活水准，否则不但对他们不公平，也促使他们继续扮演文化资产破坏者的角色。

（本文出自《大地地理杂志》二〇〇二年五月号）

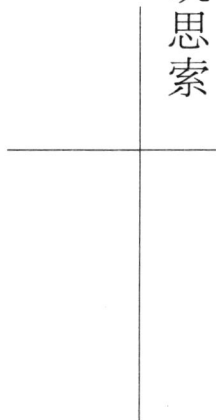

建筑思索

古市镇生命的失落

　　人世间有很多矛盾的事情，令人感到万分无奈，其中之一是古市镇保存与观光之间的矛盾。

　　大凡一个国家或地区有古老的市镇，其古朴的风貌保存了逝去时代的文化精神，建筑物的外貌呈现出独特的美感，这个国家或地区大多经济落后，居民生活艰苦。我说"大多"，是因为在欧洲先进国家也保存了些古老的市镇，居民却不一定非常贫穷。那是因为他们对文化资产保存的观念认识得较早，在经济发展时期刻意维护，才得以保存下来。然而一般说来，保留古市镇的地区，也是在该国家比较落后的地区。比如说意大利在欧洲的先进国家中相对落后，古市镇就保存了很多。在意大利，米兰一带比较进步，古市镇就不多了。看古市镇要到比较贫穷的山区里去。

　　在经济落后的古文化地区，这种情形就十分明显了。以中国大陆来说吧！在十几年前有机会到大陆一游的人，无不称赞古老城市迷人幽雅的美感。不用说苏、杭了，即使是上海，曾是繁荣领一时风骚的商埠，尘封了五十年也变成香醇的老酒了。改革开放之后，快速地发展，古老的城市逐渐被高楼大厦所取代。这时候，要想再看到古市镇的风貌，只有向内陆走。

到今天，苏、杭与上海都已破相了，好古的游客就去水乡中的小镇，以解思乡之苦。可是风气一开，这些小镇就大力地推动旅游业。观光业为他们带来了财富，却也很快地使真正的水乡消失了。中国人做生意的才能超过对文化保存的兴趣，江南水乡中的小镇，不但为商业活动所充斥，而且建造了很多假古董，意在欺骗游客。对于那些抓住经济发展的尾巴、靠游客发财的乡下人，我是很同情的；然而我两次去周庄，发现增建扩大了那么多，实在不能不摇头叹息！

也许为了面对社会、经济的变迁，真正条件优越的古老市镇才有必要取得世界文化遗产的资格。联合国的专家会为我们鉴别真伪，也会监督所在地政府勠力于维护工作。即便如此，观光客带来的商业利益仍然大大降低了古老的原味。以丽江来说吧，谁也想不到，在如此边远的一座少数民族建设的山城，一旦开启了观光的大门，会形成家家户户开门做生意的局面。古市镇的建筑与街道勉强保存了，古市镇代表的文化精神呢？

一座古市镇失去了它原有的社会与经济基础，其实也就失去了它的生命，变成一块化石。我们要维护它，使它继续生存下去，供来自世界各地的游客观赏，就不能不在化石中注入新生命。由于这个新生命是借尸还魂，有些不伦不类是必然的。而这生机就是文化资产的吸引力，也就是观光业带来的商机。因此没有观光客的古市镇，就是一座死城了。

古市镇风光与观光商业之间存在着矛盾是必然的，丽江如此，威尼斯何尝不是如此？只是丽江街巷中的商业近似摊贩，不及威尼斯商品的价值高而已！观光的商机使古朴的水城一天天变形，我的相机三十年前所记录的威尼斯已经不存在了。

（本文出自《大地地理杂志》二〇〇二年二月号）

永恒的乡愁

　　一个国家的传统民居与聚落的保存政策应该如何制定，是非常令人困惑的问题。

　　一般说来，任何国家都会设法保存其重要史迹，但对民居与聚落保存的态度就很犹豫了。因为，有古老文明却经济落后的国家，这些聚落是他们千百年来的生活方式。

　　自外人看来，它反映出深厚的文化与素朴的美感，令人流连忘返，自然坚决主张保存，使它不会在我们眼前消失。但对执掌国家大政的人，改变生活方式，连带地改变居住环境，是使国家脱离贫穷的不二法门。他们会把人民生活水准的提高视为重要的任务，一时顾不了文化的保存。

　　十几年前，两岸开始接触，北京清华大学的陈志华教授来台探访，为台湾建筑界带来了大陆古老民居的讯息。记得在我的办公室播放浙江古老市镇的幻灯片，使我们这些渴望保存的年轻同仁看得目瞪口呆。霎时，就把在台湾推行保存所受的挫折忘掉，寄望于大陆能有健全的保存政策。后来有些台湾朋友，尤其是《汉声杂志》的几位领导人，跟着陈教授的脚步，希望在全面开放的声浪中，参与抢救工作。可是转眼间，大陆已经飞速地发展了。传统聚落消失的速度惊人，除了有观光价值的重要聚落外，在不久的将来，古老的居住环境必然与传统的生活方式同样地消失。

经济发展与文化保存之间的冲突，每一个古老的贫穷国家都要经历一遍。

在贫穷国家试行现代化的初期，人口向都市集中，居住问题丛生，所以需要很多简单的房屋。而建筑是一种比较低科技的产业，只要可以生产水泥与钢筋，工人略加训练，即可参与生产。粗陋的建筑并不需要高级的设计与工程人才，因此建筑业就成为初期工业的火车头。可想而知，大都会及其四周的建筑聚落最早受到冲击，它们要把土地腾出来，供新都市发展。

财产的累积，使都市的居民最早改变价值观，他们会认为传统就是落后的象征。这种新价值观会因经济力量的扩散，遍及偏远的乡间。

这种"除旧布新"的力量一旦形成，即使国家主政者的态度改变，为时已晚。一般说来，经济发展到人民不愁吃喝的程度，开明的政府领导人都会提倡传统文化的保存。这时候，国家也有些余力可以顾及古建筑与聚落的维护，可是民间已经刹不住车了。热衷于保存的政府必须制定法律来强制执行。

即使在先进国家，保存古老居住环境也会继续不断地遭遇挑战，因为土地开发效益实在太诱人了。要挡住开发的浪潮，必须促使国民产生对传统文化珍惜的心情，进而对古老的环境因怀念而生乡愁。利用现代人的乡愁来抵抗过度的现代化，是非常有利的工具。英国人就用过这个办法，把大部分位于市郊的十九世纪的老房子保留了下来。

然而没有现代化就没有乡愁，没有破坏的事实就没有保存的呼声。这两种力量的激荡演绎是现代化浪潮中永不停息的戏剧。

（本文出自《大地地理杂志》二〇〇一年十一月号）

全球化与西化

　　最近由于某种机缘读了北京国家大剧院的建筑师安德鲁先生的一本书，说明了他参与这座"水煮蛋"的历程及设计过程中的种种挫折与兴奋。其中他不止一次地提到这个鸭蛋实际上就是中国建筑。我曾听说大陆院士级的建筑界领袖曾集体上书反对这个设计，可能正是因为这种压力才使他强力地坚持他的设计才是未来新中国的代表。

　　问题是：他的坚持真能使一个巨大的蛋壳形建筑被中国人接受为未来的中国建筑吗？

　　究竟中国的建筑传统要怎么承续下去？是一个已经讨论了一个世纪的老问题，至今并无答案。可是要一个外国建筑师，使用一个时髦的造型，在北京皇城前面建造一座剧院，告诉我们这才是未来的中国建筑，总使我这样的老脑筋咽不下这口气。我不承认对这个困难的问题有如此方便的解答。北京的大剧院不是世上第一个蛋壳。我记得新加坡的表演艺术中心就是一个蛋壳，而且已建成很多年了。安德鲁成功之处在于把蛋壳做成反光的面，使这个大鸭蛋在视觉上消失，不会破坏皇城的气氛，并不在于他真正掌握了未来中国建筑的奥秘。

　　言归正传。我看了他的宣示，使我颇有感触的是，为什么一个外国人会因为他的设计为中国传统派所攻击而奋起辩解，却没有看到中

国建筑师对未来中国建筑提出可以使我们接受的论述呢？难道建筑界面对前卫建筑只会做负面的批评，没有能力做正面的建议吗？

这使我想到，如果这些院士级的建筑大师得到设计大剧院的机会，会有怎样的作品出现呢？只做负面的批评是容易的，自己动手试试看，情形就大不相同了。我很希望看到大陆的饱学之士都尝试做一个纸上计划，大家把作品拿出来，再写一篇文章来说明其设计立论的依据，这可能成为未来中国建筑方向讨论的最佳机会。很可惜，大家不肯这样做，中国建筑的未来就仍然是一个悬案了。

今天是一个全球化的时代。这是不是意味着在建筑上我们不必再讨论传统的承续了呢？在有古老文化传统的中国就这样向西方举手投降了吗？我们不能不承认，全球化实际上就是西化。不论说得多么冠冕堂皇，事实是，并不是中国的建筑师在欧美的国都建造机场、剧院，

到中国来大展宏图的这些建筑师都是不懂中文的欧洲人。我们还要自我欺骗吗？全球化的大势中，我们的角色是什么？

我把这个沉寂了多年的老问题翻出来，实在是因为全球化渐成为西化的托词。为了掌握国际观，全国都要学英语，因此我们就必须在建筑上放弃传统吗？

（本文出自《探索杂志》二〇〇八年十二月号）

生活美学与商品建筑

　　最近几年，我确实想花些心力，推动生活美学教育。其实我对全民美育的关怀始自二十几年前，但人微言轻，说话没人理会。十几年前，我开始在报章杂志上连续鼓吹美育，并出了专书《谈美》，逐渐引起大众与"文建会"注意，直到去年初，才有"文建会"主动与我联系，讨论推动美育的办法，并申请了专案的预算，可以做点事了。

　　我与建筑界的朋友们谈起来，鼓励他们积极帮助"文建会"推动大众美育，固然因为建筑是一种大众性艺术，同时也是因为建筑界的健全发展依赖一个高美感素养的社会。如今推动美育，建筑界出面帮忙，一方面是回馈社会，另一方面则是为建筑业打基础，教育未来的业主。坦白地说，今天的社会大众与建筑美学之间有一道很深的鸿沟，建筑师的语言非大众所能理解，因此很难沟通。

　　我一直认为所谓生活美学，与建筑的关系最为密切。其实设计才是生活美学的核心，建筑只是占有设计场域的中心位置而已。一般人谈美学就想到艺术，但是艺术是有文学性内容的，通过艺术认识美感，常常逸出美的界域，进入故事的天地。谈视觉的美就不能不以我们眼前经常看到的建筑环境为主要课题。因此建筑界对全民美学应负起最大的责任，是毋庸置疑的。我们要知道，建筑师设计了一幢丑陋的建筑，其对社会大众造成的伤害是无法度量的，我们能不抱着惶恐戒惧的心情来执行业务吗？

我邀了几位建筑学者参加推动美育的工作，但是发现他们习惯上以著名建筑师的前卫作品为标准。我不得不向他们指出，谈全民美育要想到普罗大众，不能专指建筑研究生所注视的、世界上少数具有英雄色彩的作品。我不愿否定那些作品的美感价值，但谈到生活美学，是不能以少数明星作品为标准的。如同与一般人谈人生，怎可拿迈克尔·杰克逊当标准呢？

自生活美学评论建筑，甚至不能以美术馆、音乐厅做例子。一般市民生活中，这些突出的建筑只偶尔出现而已。他们生活中的建筑是一般街道上的楼房。也就是说，他们要学着认识与批判他们及邻居们目前居住的建筑，及如何改进之道。

这就是说，在生活美感素养上，最重要的其实是学院派建筑家不太看得起的商品建筑。在现代这个商业社会中，市民的居住环境不是学理的产物，而是商人、开发商、营造厂在建筑师的协助下所缔造的。建筑师一定要知道他在这个过程中所扮演的重要角色。

（本文出自《当代设计杂志》二〇〇九年八月号）

豪宅·好宅

这两年，房屋市场上最流行的名词就是"豪宅"。台湾的经济情况整体说来并不太好，大部分人穷了，可是有钱的人却越来越多，他们有钱多得花不完的困扰。这种现象对建筑的影响是很畸形的，豪宅就是在这种情况下产生的。

何谓豪宅？望文生义，应该是豪门之宅或豪华之宅。豪门，指有钱有势之家，豪华，是指富丽堂皇之意，意思都是一样：有钱有势人家的住宅也。自古以来，每个社会都有富有之家，可是却没听过这个名词。在建筑学中，也没有这样的名词，台湾何以会创造出这个名词呢？

想来，这应该是建设公司为宣传而发明的。台湾在过去并不富有，即使是有钱人，住家仍然普通，所以大家都不知道，真正的豪富之家应该住怎样的房子。一般中产之家不过三十坪 ①、四十坪，已经觉得很宽敞，建筑师也不知道真正的豪富之家应该怎么设计。在欧美，有地位的人住的是"宫殿"，动辄数十间，建筑物高大宏伟，也没有自称豪宅。台湾人建住宅大厦，建一些百坪的单位就称豪宅了，很明显的是为了满足"新贵"的成就感。在美国生活过的朋友们都知道，一幢市郊的

---

① 一坪约等于 3.3 平方米。

· 台北一景

中产阶级住宅，稍为大些的都超过百坪，有谁会把一幢三四千呎 [①] 的住宅称为豪宅呢？

住宅是生活方式的具体化，真正的"豪宅"反应贵族的生活方式，不只是房间的面积特别大、房间数目多，建筑外观石雕精致，室内装金饰银。台湾的新贵大多缺少文化素养，才误以为只要有这些实质条件，就可与豪富比美了。这些新发财的小资产阶级不知道，西方的豪富之家仆役成群，一呼百诺。他们的夫妇大多分房睡觉，各有生活的天地，更不用说儿女了；他们在家里举行大型派对。这不是我们今天所希望

①　一平方呎约等于 0.093 平方米。

过的日子，也不是现时代应该过的日子。今天，台湾有权有势又有钱的人都是自己拼出来的，在观念上与普通老百姓无异。在外国，贵族的生活方式早就被扬弃了。难道我们这样肤浅，只要在大门或墙面上刻些似通非通的巴洛克石雕，虚荣心就得到满足了吗？

今天逐渐富有的中产阶级，应该是知识贵族，应该有相当的文化素养。他们应该重实质，重品质，轻虚浮的繁饰。他们的住处不是为了炫耀，而是为了生活。今天我们都需要大面积的住处，因为我们的衣物多了，家里有太多的书籍、画作及艺术品。我们工作劳累，希望为自己准备比较舒服的浴室、比较大型的座椅。只是为这些，我们在过去够用的三十坪住家，今天非百坪就显得局促了。我们要宽敞些的家居生活，却谈不上什么"豪宅"，勉强给个好叫的称呼，也许"好宅"比较合适些。

好宅就是住得舒服的住宅。首先要有"家"的亲切、温暖的感觉，空间宽敞而不过大，住进去就不想离开。一个真正好的住宅，应该有一种吸引力，使你工作完毕后，就急着想回家。在建筑上，这就是所谓人性化。空间的美感、适当的尺度、窗明几净，是有文化水准的现代人所喜爱的生活环境。所以豪宅与好宅之间的分别，实在是居住者的精神生活品质的问题。

（本文出自《当代设计杂志》二〇〇七年十月号第一七九期）

生态博物馆的挑战

在博物馆的思潮中，以生态博物馆最容易引起争议，它是后现代的产物。

博物馆虽然产生于欧洲的启蒙时代，但文化类的博物馆，即保存、展示各民族文化的博物馆，却与工业革命后的欧洲帝国主义有关，因此也可以说是现代主义前身的产物。到了十九、二十世纪之交，现代主义来临的时候，博物馆只是增加了对大众教育的使命，在采集收藏品与保存的观念上，仍保持了帝国主义的色彩，因此在前卫的文化学者的心目中，博物馆是西方优越论的堡垒。

此话怎讲？在十九世纪，西方国家的势力进入各地落后国家，学者们跟着殖民军队到各地采集标本，记录民情，因此搜集了大量的文物。尤其是当地人不了解其价值的古代文物，这些学者挟经济与知识的优势，很轻易地把异文化的珍贵文物带回欧洲，在各大首都建馆收藏，一方面是为学者收藏资料，一方面也象征国力。

在这些学者的心目中，他们是为异文化保存遗物。落后国家的人民，愚昧无知，不断地破坏自己的文化遗产。为了提高他们的生活水准，各民族都要进行现代化，也就是西化，在现代化的过程中，传统的文化与古代的文物都会被抛弃，被视为落后的象征。为了避免这些文化

· 东德国立博物馆的古希腊收藏

与文物完全沦失，博物馆负起责任，予以收藏、保存。因此在第二次世界大战以前，西方博物馆理直气壮地到各国去"采集"，视为对世界文化的贡献。中国的古代文物也是在此风气下，由商人引介，辗转进入西方各国的大博物馆中。

"二战"后，情形有了很大的改变。联合国成立，民族自决观念的形成，使得各弱小民族在普遍西化的潮流中，为了民族自尊，感到传统文化有保存的必要。民族主义者认为西方文化不是唯一的选择，不同于西方的文化并不是落后文化。因此各民族的文化不应当成蜡像与标本放在博物馆里，应该让它活生生地延续下去，成为重要的世界文化遗产。

由之，我们要了解各民族、各地区的文化，不应该再寄望于博物馆，要走到现场，感受到所在地的活文化。联合国的教科文组织才有所谓"生态博物馆"的提议。这是一种去博物馆化的博物馆，一种广义的博物馆，不再由专业人员负保存、管理、展示之责的博物馆。

可是生态博物馆面临的挑战有二：其一是对现生活的满足。少数民族因文明落后，必然生活艰苦，虽经帮助亦不易与现代社会相提并论。他们必须安于贫穷，才能保持原有的生活方式。他们做得到吗？其二是对外来力量的抗拒。少数民族是弱势，外来的力量觊觎他们的资源，是很容易得手的。他们需要国家、社会的保护，否则，他们抗拒得了吗？

在国际化的大潮流下，民族生态博物馆成为文化独立的中流砥柱。他们的民族自尊心抵挡得住这股潮流吗？换个角度看，为全球化摇旗呐喊的人，应该把少数民族丢在化外，当成博物馆看待吗？

（本文出自《大地地理杂志》二〇〇二年七月号）

建筑博览会浅谈

前一阵子，在报上看到一则消息，是一位热心于建筑的企业家，赞助二十位中外建筑师在台湾建造二十栋未来派的住宅，称为"Next Gene 20 国际建筑博览会"。称之为基因，口气是很大的，但"国际建筑博览会"却是自大陆学来的展示建筑的大手笔。

有位年轻朋友问我的看法，我说这是好现象，表示社会上有人很重视建筑，喜欢建筑。至于这些作品是否会成为未来建筑的基因，我的回答是：不会。

在西方国家也办过一次类似的活动，是在二十世纪的二十年代，由德国工艺联盟策划，在斯图加特所建的一组住宅，称为威辛哈夫社区。参加的人都是现代建筑运动的大将，包括：格罗培斯、密斯、凡·德罗与柯布西耶。那是现代建筑的宣言，影响深远，直到今天都还感觉得到。可是在大陆所发起的这种活动，只是商业社会中，建筑传播的一种方式，其意义是很有限的，应该不会有什么影响。

我为什么这样说呢？现代建筑革命时期，那些先驱的态度是很严肃的。他们透视新时代的精神，探讨生活方式的改变，提出了一些革命性看法，并建立了共识的基础。因此，这些第一流的建筑家才会抛弃个人风格的要求，参与了这一个宣言式的计划。现代建筑初期被称为国际建筑，就是因为其论述中，以大时代的人类居住方式为核心，放弃了个性，也跨越了国界，在精神上是轰轰烈烈的。

现代建筑的论述到二十世纪中叶就开始被批判，渐渐衰微，地方风格与建筑家的表现慢慢突显，重新受到重视；战后，世界博览会遂肩负起各国建筑展示的任务。这时候，建筑家不再求同，转而求异，掀起一股求新求变之风，以建筑的造型互别苗头。伟大的理想被清算了，建筑家不再寻求人类的共同需求，却努力于自我创造力的展现，到了今天，在经济富裕与高科技发达的支撑下，建筑终于进入表现艺术的领域。

所以台湾的建筑博览会延续了北京的尝试，可以视之为建筑艺术邀请展。如果成功，它的贡献将是鼓舞民众对建筑艺术面的欣赏，开大家的眼界，使建筑界得到更多的支持。由于缺乏论述，没有表现出广大胸襟的理想，与美术馆中一个画展类似，其未来性应是有限的。

（本文出自《当代设计杂志》二〇〇八年三月号）

前卫建筑的冲击

在全球化的时代，建筑设计受到的冲击是多方面的。自专业的观点看，每个国家的建筑界都必须面对国际化与本土化的分歧。连西方国家也不例外。

过去的时代谈到国际化的时候，是指建筑技术的普遍化。科技发达的国家在建筑技术上领先，引发建筑的改革与进步，这些成就具有普遍性，因此为落后国家所学习，使新的建筑形式跨越国界，成为国际样式。这就是现代主义的建筑必然走国际主义路线的原因。

现代建筑革命到今天已接近一个世纪，情况有什么改变呢？今天用全球化的字眼来代替国际化，意义虽然相近，但"全球化"有天下一家的味道，多了些感性。在国际主义的时代，普遍性是理性的共识。用钢筋水泥代替了有些国家的木材，有些国家的石材，是实质的进步；这种改变发生在生活的基层。可是今天不同了。物质文明的国际化已经完成了，精神文明的全球化才开始，当代建筑风潮的感官主义正考验我们，能否接受同样的感官刺激，同样的视觉价值标准。

当代的前卫建筑，不同于现代建筑，并不是在西方社会中扎根的。它是个人感官的冲动扎根在高科技的发展上。因此，它虽然产生于西方世界，其根却是浮动的。因为理性的建筑环境仍然是当代生活的基石。

当代人只是在理性生活之外喜欢出点花样，找些刺激而已。从这里看，全世界无处不需要前卫建筑。

面对这样的冲击，各国应有不同的反省，都应有回归本土的思考。本土化有两个方向，值得我们深思。在已开发国家，本土指的是地域。在这个世界上，不同的地理环境，不同的生活方式，构成不同的生态条件。顺应自然，建构合乎生命原则的环境，就是科学的本土观。被建筑界一直忽略的生命的建筑，应该成为二十一世纪的主流才是。然而建筑界到了二十世纪末，已抛弃了建筑科学，进入艺术的领域。高科技成为造型艺术的利器，尚未能善用科学的成就。

对于有历史传统，且有深厚文化传承的国家，本土价值有另一层含义，那就是如何在新时代建筑中保留文化的血脉。这是一个老问题，在几十年前，现代化与国际化的风潮中已经讨论，甚至辩论过了。传统派与革新派找不到共识，传统基本上被潮流所淹没。可是经过后现代的象征论的挑动，传统并没有真正在时潮中灭亡。有历史意识的建筑家眼看着享乐主义的新当代建筑压境而来，不免想到如何在自己的土地上建立属于自己的价值观。不论在形式象征或空间意义上，找回国族的主体性。

只有在科学的与文化的本土观建立后，我们才可以轻松地迎接带有讥讽意味的全球化的风潮。这就是为什么我一直鼓励建筑界的朋友要取法乎上，期待政府多给当地建筑师发展空间的原因。我们不能怀有殖民地心态。

（本文出自《当代设计杂志》二〇〇九年四月号）

自模型到样板间

老实说，我对样板间的市场情况并不熟悉。在房屋市场中没有样板间真的就无法行销吗？我是很怀疑的。在外国，我从来没有见过样板间。只记得若干年前在洛杉矶看到路边一个小火柴盒式的住宅，带我到处走的学生告诉我，这是贝聿铭设计的高层公寓的样板间。我觉得多余，没有兴致进去参观，认为是南加州的古怪现象。

为什么台湾会流行这种纯以行销为目的的建筑呢？花那么多钱，那么多精力，值得吗？

建筑这种艺术有一个特点，就是在没有建成之前对一般大众而言是无法想象的。即使是过去的王公贵族，对于他们新建的宫室，也只能完全信赖建筑师。所以到了文艺复兴时代，建筑师就必须准备精致的模型来说服有权有势的主人了。在中国，自清代初期，皇家的建筑虽然都按既定的格局设计，而且都经皇帝钦定，还是要做出惟妙惟肖的模型，送皇帝批准。这就是有名的"样式雷"。至于平民建屋，大多依传统的格局，匠师的法则，只要知道多大尺寸，一切都明白了。

到了现代，建筑活动渐成为商业的一部分，房屋已被视为昂贵的商品，而且建筑的艺术化受到鼓励而多新创，业主花很多钱兴建，是一生中的大事，所以非在事先了解建成后的情况与样貌不可。建筑师在求学时期就要学着如何"表达"，把抽象的、尚不存在的构想，让业主明白而且点头。这就是透视图（大陆称效果图）受到重视的原因。透视图是一张推想出的彩色照片，如果多画几张，画得好，确有说服力。至于整体的外形，则以缩尺模型为宜。因此透视图与模型就成为建筑推销术的两样法宝了。

我猜想，样板间的出现是房屋市场竞争激烈后想出来的点子。这是透视图与缩小的模型进一步的发展。看透视图担心会受骗，看模型只像个玩具，自然以看到实体的建筑，甚至走进去体验一番最靠得住。记得在西方建筑史上，德国曾有先以木造实品宫室，即足尺模型，通过后再拆除以石建的故事。样板间，实际上就是足尺模型，可以使对建筑图样毫无概念的社会大众，亲身体验建成的空间，以便做出购买的决定。

在台湾，中产阶级的建筑知识有限，几乎没有阅图的能力，样板间是很有效的工具。在商场中，建设公司需要预售，没有财力先建后卖，或以有限的财力作大规模的开发，以样板间说服大众是必要的。这是一个集合住宅的时代，即使是"豪宅"，也不过是大楼中间的一个单元而已，建筑物本身外观的重要性对于中产的猎屋者已经不太重要了。只要地点好、价格对，要看室内的格局，因此所谓样板间，实际上是室内设计的演示而已！

一个附带的社会教育效果就产生了。在生活美学渐受到中产之家重视的今天，样板间在设计师的精心筹划之下，大多颇为可观，可以使他们在为买屋到处比较的时候，看到各种不同的室内风格，应该可以引起他们对生活空间的兴趣，提高他们的鉴赏力。

（本文出自《当代设计杂志》二〇〇九年十月号）

梦想与现实之间

日月潭是台湾的梦，也是台湾的现实。我没有查考是谁命名，为什么如此命名。然而层峦叠嶂中一清潭，就是梦的境界。日、月不是风景的描述，是天地的象征，是生命的源头。在古老的汉代中国，出土文物锦画中，日与月的图腾代表人类灵魂上升的界域。在近代的民俗文物中，床上护板的装饰，日、月分居两端。陈其宽先生的画会不期然地出现日、月的形象。用日、月为潭命名，是把一泓清水提升到想象的、精神的境界，予人高不可攀、不食人间烟火的感觉。

日月潭之名，使台湾的梦飞升到神话的世界。年轻未曾到过日月潭时，我曾想象这个潭的景象，像月亮中的阴影一样虚幻神秘。大陆到今天，提起台湾就想到日月潭，那是他们最向往的观光景点，在他们的心目中，日月潭就是美丽宝岛的象征。

美丽岛是什么？就是青山绿水，如梦似幻的美丽自然风光。所以当我知道现今的日月潭原来是以发电为目的所建造的水库时，不免感到失望。这样美丽的梦境应该是天造地设的，出之于人手就亵渎它了。

据说在当年，日月潭所发的电可以供应大部分台湾的需要。我想通了。发电的日月潭是台湾动力的来源，动力是生产的基础，生产是富裕生活所必需。追求富裕生活同样是台湾的梦想。因此日月潭不但

· 涵碧楼

圆了我们精神上的梦，也圆了我们现实上的事。它是货真价实的台湾
梦想的象征。

　　当我在四十年前有机会到日月潭，寻找这个梦境，我便感受到这
个梦已接近破灭的边缘。它仍然是美丽的，在群山围绕中天光水色，
一片汪洋，令人感动。然而道路的开辟，市街的杂沓，眼看就要把一
座心目中的天池，堕落为俗世的池塘了。一位外国朋友说："路开得太
多了，游乐的设施太乱了，建筑太俗了。"建筑，他指的是文武庙与慈
恩塔。我哑然。我很明白，他所希望看到的是纯朴的自然，最好有小
鹿在潭边饮水，水鸟在潭水上浮沉。可是日月潭的梦成为现实世界中
的资产，它是风景，经过开发，风景就是产业的资源。

　　这样残酷的现实终于逐渐改变了日月潭的形象。它不再是梦境，
而成为通俗的观光景点。过去三十年，我去过几次，每次都看到更多
的建设。我们似乎欠缺一种既能利用梦境，又能保持梦境的能力。开

发与保存不能并存，难道是一种宿命吗？

最近一次去日月潭，是参观新建的"涵碧楼"。大家都赞美这座澳洲人设计的旅馆，能融合建筑空间与自然风光之美。诚然，它把日月潭的风景"收"到建筑中去了，当得上"涵碧"两字，难怪要向客人收超高的费用。可是当我乘小艇在湖上漫游，蓦然回头，却发现"涵碧楼"如同一座闪闪发光的庞大石碑，压在低矮的山头上。忽然间觉得这座"涵碧楼"，应改为"凌碧楼"才是。

日月潭仍然是台湾梦想的象征。日月潭的经营应该在梦想与现实间取得均衡，作为台湾自然文化的标杆。

（本文出自《大地地理杂志》二○○五年六月号）

享受自然的权利

台北盆地一带是台湾全岛上最富于地形变化之美的地方。

除了盆地本身有河流蜿蜒、群山环绕之外，东往汐止，南往新店，西北出淡水河谷，在形势上都是回转曲折，起伏有致，创造了不少自然的美景。这样的地方除了有看不尽的景致以外，也有各种不同的生态环境，在若干年前，自然的盛况是美不胜收的。

不用说，在台北市快速的发展下，这一些都已在眼前消失了。我们不能不为之有所感伤。

台北必须要变成一个大都市，必须集中很多的人口，因此必须建造很多高楼来容纳居住与经济活动，可是我们无法接受的事实是，台北市的外围，也就是属于台北县的地区，竟漫无边际地建设起来。真有必要这样跨山弥谷地大肆开发吗？是谁掌握了这个破坏大台北自然景观的权柄呢？

一个地方的景观，特别是美好的景致，是大家所共有的，这是民主时代所应有的观念。在过去，由于土地可以由私人占有，所以有钱的人几乎可以买到任何一块土地，也就是可以选择任何一处景致优美的地点，建造自己的住所，独占此一美景。可是过去几十年，全世界逐渐接受了"好的东西应该全民共享"的观念。文化、艺术与自然美景都是人人应该有权享受的。因此一个地方的美景不应被破坏，而且不应由少数人所独享，这应该是政府在授权建造房屋的时候，一个重要的考量。

青山是城市的屏障，本就不应开发。一定要开发，也要以可以增加景观的品质为原则。不能因为山上的视野好，就大肆建设满足少数私人的愿望，因此破坏了城内大多数居民应享受的景观。

住在市外的山上，在经济尚未发展的时期，因交通与水电诸多不便，是艰苦而又风雅的隐士型生活。由于极少人这样做，对景观影响不大。一旦完成了基本建设，掌握了现代的开发技术，美的视野就被商人视为资产，想尽办法来分割出售，谋取利益，问题就严重了。市郊的青山通常是第一个被宰割的对象。

台北市所辖的山区，除了早年即开发的阳明山外，大体上使用保护区的方式予以维护。可是出了台北市区，就是开发商自由发挥的天下了。

不久前，我往访郊区山坡上的某一佛寺。走到后院，发现后山的一片青翠，已经为一片住宅所取代。其中有两栋数十层的高楼插入云霄，似乎在嘲笑寺院的卑微与无奈。很难想象商人会在那么陡斜的山坡上建高楼，更难想象政府会准许他们如此开发。

新店溪的河谷，新建大厦高耸入云，远超过受管制的台北市区。这些大厦上的住户可以终日欣赏大台北的山水之美，却以凌驾自然的气势，把天然的风光毁坏无遗。他们不觉得这样的爱好自然的方式，是剥夺了众人爱好自然的权利。然而在经济主导的时代，谁来保障我们的自然权呢？

（本文出自《大地地理杂志》二〇〇一年八月号）

消失了的台北湿地

说起湿地，使我想起一段往事。

一九六七年秋天，我回到台湾，接东海大学建筑系的系主任。没多久，在台北的"经合会"（"经建会"的前身）外国顾问打电话给我，要我到他的办公室一谈。

记得他提出的构想，主要的观念就是不与水争地。大台北盆地是淡水河与基隆河形成的一大块湿地，比较高亢的地区逐渐发展为都市。当时台北市的发展虽然尚不到敦化路，可是其趋势必然是向外扩散，早晚会延展到水边，把湿地全部开发。如果是这样，他认为是很不幸的，应该以计划的手段来制约开发。

大台北盆地的生态，原是一片水涨、水落的泽国。大雨来了，几乎一片汪洋，水退后仍然留下一些沼泽，经年水汪汪的，供水鸟栖息。人口集中而不得不继续开发的台北市，要筑挡水墙才能安居，遇到大雨，仍然免不了积水成灾。这位顾问先生认为至少要保留那些水边低洼的沼泽地，供调节水量之用。遇到暴雨，可以不至于成灾。计划者称这些地方为洪泛区，专供大雨来时积水的，而且可以保存湿地生态的原貌。

人口继续增长，无地可建怎么办？他们建议在洪泛区的外面建造新市镇。他们提出了一个重要的计划，就是林口新市镇，目的是越过芦洲一带的沼泽地。后来又建议内湖新镇，目的是越过基隆河流域的湿地。他找我去，是要我帮他进行林口新镇的规划。

当时的政府接受了这样的构想，成立了林口新镇开发处，计划也在推行中，可是终于因抵抗不了民间的压力，完全放弃了。后来顾问回国，开发处关门，台北市区就迅速扩散，失掉控制了。自此以后，我知道都市发展是政治，不是学问。

如今的大台北，大家都知道，除了关渡还有一块空地等待开发之外，几乎都建满了。台北县政府与建商合作，从来不为此烦心，所以自三重到泰山的高速路两旁都已密不通风。

台北市还有少数人懂点自然生态的道理，所以当年为了基隆河截弯取直，花了不少口舌。有人甚至把古人的风水理论抬出来，认为基隆河的弯曲正是台北为一福地的保证，不可破坏。

可是不论用生态的观念或风水的传说都挡不住工程师们向水争地的决心。他们说，台北市的水患经截弯取直后可以解决，而且可为台北市平白得到几百公顷土地，使政治家不得不动心。于是大直的豪宅区出现了，建商们在挡水墙的后面大展宏图，隔墙大谈亲水，用国外的水景照片来搪塞。而水患依然，只是不在台北市，推到台北县的汐止去了。

汐止的水灾使我回想起当年曲折蜿蜒的基隆河，一片绿油油的、水汪汪的湿地。台北的建设诚然可观，但是计划学者的观点及他心目中的顺乎自然韵律的台北仍然是值得怀念的。

（本文出自《大地地理杂志》二〇〇一年四月号）

捷运与城市发展

　　台北市自从有了捷运系统之后，称赞之声不绝。有些朋友是自方便着眼，上下班或出门办事，再也不必在街上挤公车或搭计程车（出租车），捷运又快又便宜。有些朋友是自环境品质着眼，认为搭捷运才感觉到台北是有国际水准的城市，自己才是世界级的公民。可是我自始至终对于台北市的捷运计划有意见。

　　世上捷运的发展是可以分阶段的，第一个阶段是汽车来临之前，虽然已发明却未流行的时代。捷运是地下电车，为地面日趋拥挤的城市解决了很大的问题。一百多年前，商业活动以地面层为主，二楼以上的商店不多，可以想象街道上车水马龙的情形。捷运在二十世纪初达到顶峰，百货店发明后，地下的系统延伸到邻近的市镇，其目的是把民众拉到市中心来购物，以繁荣市区。

　　"二战"前后，汽车发达，逐渐成为中产阶级的主要交通工具。特别是在美国，都市的交通建设以高架公路与停车场为目的，因此使城市解体。捷运与铁路一样，几乎成为历史名词。市郊购物中心成立，市中心衰退，先是停止了通往邻近市镇的路线，市内的系统也靠大量补贴来支持。二十世纪六十年代我在美读书时，波士顿的捷运只有市中心到哈佛广场的路线赚钱，连纽约市的捷运都不能回本。中产阶级不再搭捷运后，地下车成为贫穷阶级的交通方式。所以纽约的特殊景观之一是地下车中被穷极无聊的年轻人用油漆乱涂的景象。开始时不免予人不安全的感受，后来纽约市政府有意保存之，视之为纽约多元文化的特色，甚至有人为此去纽约观光呢！

二十世纪七十年代后，全世界都感到汽车文化的可怕，逐渐试图恢复市中心的功能。文化学者认为都市文明是西方文化的根基，因此才有自城市中排除汽车，找回行人的运动。很多城市，例如波士顿、旧金山都把市内的汽车高架道拆除了，捷运才重新抬头，担当市区运输的功能。所以第三阶段是后汽车的城市，这时候的捷运为了找回中产阶级的乘客，车辆舒服美观，车站宽敞方便，而且与商业功能相结合。但是到今天，美国的城市，捷运仍然与汽车进行拉锯战。因为汽车已成为现代人的生活方式了。

台北的捷运究竟以怎样的城市发展观点来构想的呢？我看不出来。主其事者只认为捷运是进步的象征，别人有，台北也要有，没有想到与市内交通、市中心功能的关系。台北市花了世界上最高的单价建捷运，又由外国公司主导共事，国际标准是当然的。但是除了帮助市郊与邻近市镇之地产发展外，看不出有明显的改善交通秩序与强化城市结构的成效。捷运站应该建在各社区的中心，如民生社区的三民圆环，不是只顺着商业街道走，或只选容易取得土地的路线，如往北投的废铁道。

虽然如此，我偶尔搭一次捷运也会油然而生第一等国民的骄傲。我的住处及父母的住处附近都无车站，因此享受不到这项伟大的建设，可是偶尔也想到应该设法搬家到捷运站的附近呢！

（本文出自《大地地理杂志》二〇〇二年十一月号）

发展免不了破坏

"二战"以后，全世界兴起一股竞相发展的风潮。这是很自然的，发展者，经济发展也。各国力争上游，希望经由发展摆脱贫穷，上登富饶之邦的境界。

经济发展最有效的手段之一是土地开发，也就是开辟未经使用的土地成为建筑用地。发展中国家所造就的第一批富人，大多是土地开发商。未经使用的荒地通常地价很低，他们用少量的金钱买了以若干公顷计的土地，经过开辟，地价上涨十倍、百倍都是极平常的事。

开辟是土木工程上的投资，无非修桥铺路。架设水管电线，技术程度不高，又可提高居住水准，对穷苦的国家有增加就业机会的效果。所以在发展初期，每个国家都依赖土地开发与建筑业为经济发展的动力。

土地开发有强大的动机，有立即的效果，照说是值得称赏的经济手段。可是它带来的问题也很严重，那就是土地开发会改变居住环境的面貌，会破坏环境生态的平衡。如果不小心从事，其后果很难收拾。不幸的是，所有的发展中国家，都必须面对这些严重的后果，不知要花多少岁月去弥补。

发展一定会造成破坏吗？当然不一定。环境生态的观念早就存在了，先进国家的经验又可以参考。因此第三世界国家中不乏高明人士，提出合乎生态原则的发展方式。可是这些声音通常都被当道者当成耳旁风了。怎么会这样？

因为开发成为一股庞大的政治力量，政客与开发商人通力合作，对于未来可能遭遇的困境，既没有可以透视的远见，也没有拒绝眼前利益的魄力，睁一只眼，闭一只眼，就听其跨山弥谷的发展了。这就是我们今天所看到的台湾。

台湾原是美丽岛，现在快变成丑陋岛了，主要因为山区的过度开发。短视的政客与老百姓都希望修路，最好是高速公路，看不见道路带来的环境破坏，只看见带来的土地开发利益。能不能只开路而禁止开发呢？

原本应该如此，可以把环境破坏降到最低，且可提高观光价值。可是政客们通常受不了建商的威胁利诱，终于放弃了公权力，听任自然风貌被破坏无遗。台北市的周边到处都是美好风光被破坏的痕迹。陡斜的山坡上都建满高楼了。政客固然无耻，台湾人民又为什么如此愚笨。

因为轻视与愚蠢，才有苏花高速公路这种计划。在一个绝壁式的海岸，有一条路通过就很好了，要高速公路何为？让花东海岸保留几分自然，等于台湾这盘棋上的活眼，何苦要把台北地区的几百万辆汽车引到花东，把大好风光破坏？除了把花东地区的房地产投入台北的市场之外，还有什么好处？

高速公路会引进财富，降低环境品质与精神生活水准，苏澳人与花莲人真的要这样做吗？

发展是必要的，但要有选择。而发展造成的破坏举世皆然，都是愚蠢造成的结果。

（本文出自《大地地理杂志》二〇〇四年一月号）

绿建筑的理性与感性

    绿建筑在今天的建筑界占有什么地位？是很值得思考的。当前的建筑似乎患了精神分裂症，在理性的一面，大家都会支持绿建筑的发展，但在感性上，都跟在世界著名建筑师的后面，对着古怪、炫目的造型摇旗呐喊。作为一个有感性又有理性的建筑师，光明的前景在哪里？

    回想我年轻的时代，现代主义的领袖们不断地提醒大家，要做到理性与感性的平衡。因此在当时，我们很骄傲地认为，建筑是科学与艺术的完美结合。我秉持着这个理念教书并从事创作，甚至在媒体上撰写专栏，传播情性与理智合一的文化。没想到几十年过去了，那些被我认为理所当然的观念已经被年轻一代扬弃了。建筑又回到十九世纪科学与艺术分立的时代了。

    在十九世纪学院派主导的时代，建筑是一种艺术，技术是为艺术服务的。建筑艺术是指外形，指正面的设计，指室内空间的经营。怎么才能实现这些形式与空间要靠科技。早年，建筑师必须身兼工程师与艺术家的角色，到后来，已完全以艺术家自居，把技术问题交给工程师了。这种科学技术与艺术的分流，是促使有识者奋起改革，推翻虚张声势的学院派的主要原因。

    科学与艺术在建筑上合流，必须做到科学就是艺术，艺术就是科学才算成功，所以现代主义的盛期，科学与艺术如同一枚水果，核是科学，皮肉是艺术，合起来就是建筑。分析得更细些，肉是功能，是软性的科学，也是外形的基础，只有皮壳才是艺术。建筑界的朋友要注意，核是生命的根源，但使我们流口水的却是皮壳！

到了二十一世纪，地球的环境已被我们破坏得几乎万劫不复了，回归自然的呼声才使建筑科学的重心回到"绿"的观念上。然而到今天我们所看到的，绿建筑似乎仍停留在少数学校课堂讲授与政府法制奖惩的阶段，尚没有进到建筑的核心。世界建筑的桂冠几乎完全由皮壳的创造者占有，他们根本无视绿建筑的存在。他们重视的是高科技发展下推动的结构与材料科技，可以把他们像玩把戏一样的古怪造型安全地站立起来，接受民众的欢呼。

绿建筑的支持者一定要把这种科学观设法与感性结合才成。我想到的一个例子与古建筑的再利用有关，如果我们能发扬怀古与乡愁的情操，就不再鼓励拆除旧屋建造新厦，建筑活动集中在旧建筑的更新，达到省能减炭的目的。这样既能改善生活空间的品质，又能满足乡愁的记忆，应该是新时代建设的主流。进一步说，如不能保留旧屋，至少可以回收一些建材，如柱梁、门窗等，经整修后利用在新建筑上。在强调记忆价值的今天，应该是为中产阶级市民所欢迎的。

这样想，绿化科学的艺术化可以自多重层面入手，设法建立一个全新的绿化建筑的形式论。必须把建筑拉回到现代主义的思考模式上，这个理想才有达成的一天。否则建筑的未来必然仍在贪婪的地产开发商与选票政治的绑架下，走上皮壳至上的路线。说到底，建筑不过是政商游戏的工具而已。

绿建筑就是现代建筑

今天，二十一世纪的开端，建筑的主流是什么？经过二十世纪前半段的现代主义建筑，后半段的后现代主义建筑，以及二十世纪九十年代兴起的前卫与数位建筑，未来建筑要到哪里去？难道是建筑学者所倡导的绿建筑吗？这是很难回答的问题。因为建筑的潮流与政治、经济是分不开的。前卫与数位建筑，结合了高科技与哗众取宠的造型，是民粹政治与市场经济的产物。自二十世纪末以来，中产阶级扩张，平民的主张渐渐抬头，因此在政治上渐渐以大众的意见为意见，放弃了有思想基础的意识形态或政治立场，民调的结果很容易影响政治家的观点。

这与建筑有什么关系呢？建筑的价值观因富裕社会的来临，高科技设计、建造技术的进步，可以顺应大众品味，以追求新奇为尚。这是人类史上第一次，建筑师可以凌驾业主之上。

建筑师挟人民以自重，可以我行我素。以著名的盖瑞为例，他设计的迪士尼音乐厅，预算超过两三倍，迪士尼的老板娘即使非常气愤，也不敢解雇他，只好找钱让他完成。在这方面他"恶名昭彰"，照样有不少业主请他帮忙，连已经不再富裕的台中市，还请他设计市政中心呢！

学者们常常批评政治家搞"民粹"。其实民粹已经是大势所趋。民粹的英文是 populism，就是"民之所好好之，民之所恶恶之"，它是民主的极端形式。在过去，想做做不到，因为经济匮乏，没法满足他们，而人民做不了自己的主人，又没有技术可以知道他们的好恶。

因此西方的民主是以代议政治的方式行之，也就是选出有知识、有能力的人来代表人民行使政权。这种代议政治的民主是理性的，是合乎知识分子的思维的。

如果把这个观念用在建筑上，现代建筑相当于代议的民主制度。建筑的学者以他的智慧与能力为人民服务，现代建筑是合理主义的产物，非常适合学院的教育。真正的现代建筑是生活的机器，是按照个别的需要设计出来的，没有一定的造型。理论上说，没有建筑师的风格与品牌，只有使用者的福祉。如何花最少的钱，盖最舒服、最安全、最美观的建筑，这是建筑师的专业。可是这样的建筑与代议民主一样遇到了难题。

使用者的自主意识渐强，对于建筑师的用心既不了解，也不信任，因为不信任也就不求了解。他们不再相信专业的美学理论，而"只要我喜欢，有什么不可以"。不知不觉就被大众品位牵着鼻子走了。他们自以为可以自己做主，却不免被通俗美学迷住了。这种情形，与民粹政治顺着民意潮流走是一致的。

绿建筑是什么？是现代建筑理想的包装。二十世纪六十年代之前的建筑系教的都是如何以最经济的方式顺应自然，经营健康、舒服的生活环境。如何与大自然共处，享受阳光、绿地、新鲜空气。这一切却早已被后现代以来形式主义的风潮所冲散。绿建筑只有等待社区主义、地方主义的政治抬头，理性精神重新落实在市民生活之中，才有复活的希望。

（本文出自《大地地理杂志》二〇〇三年九月号）

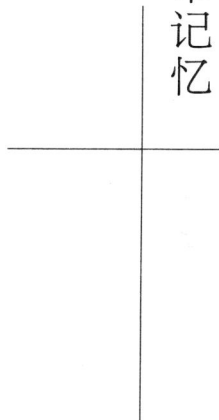

城市记忆

保护老树的台北

有时候，我走在台北的大街上，林荫下的人行道有公园的味道，不期然感到一丝骄傲。台北，这个被我多次指责为丑陋的城市，如今也绿荫处处了。学着在市区中爱惜树木，也代表一种文化的水准吧！

三十年前的台北市，不但处处都是违章建筑，而且除了几条街上有日据时代留下来的大王椰子，有些日式住宅院落里除了少数树木外，基本上是干秃的，有限的市树在建设计划中被砍伐，台北市只是越来越干而已。随着日式院落改建为高层公寓，台北市逐渐成为钢筋水泥的沙漠。当然了，建设就是填满空地，不砍树行得通吗？那时候，水泥才是文明，树木代表落后。

新开发的市区，树木是逐渐长出来的。"十年树木"，过一阵子台北市开始有新生的树荫。小公园里有了慢慢在壮大的树木，感谢亚热带的气候，十年之后，已经有几层楼高了。台北市逐渐有了生气。

但是十几年前，台北市民尚不知绿荫的可贵。在我居住的民生社区，菩提树每年都会把街道变成绿色走廊，可是市政府怕它们长得太高大，每年在树木最旺盛的时候，派人来把树枝都剪掉。我提出抗议也得不到回应。因为在他们看来，行道树与电线杆一样干净才好，枝叶多了会造成管理上的麻烦，影响安全卫生。

这种观念何时才改变，已经记不得了。可能与森林公园的开发有关吧！有人这么开玩笑地说，应该与绿色执政有关吧！忽然间，台北市民开窍了，他们开始了解人类与树木的共生关系。树木旺盛的地方，才是适于居住的地方。因此大树代表文明，钢筋水泥反而代表一种野蛮。古老的树木曾与我们一起成长，它们甚至有文化的内涵。

几年前我开始感觉到这一改变。我家前面的路树不再有人来砍树枝了。它们经过几年的岁月，树枝已经长到四楼，我的窗前像绿色云雾，街道则是绿色隧道，这一带为很多人所羡慕，认为是中产阶级理想的居住环境。小公园里则已枝叶蔽天了。

不过几年间，台北的天际就突然增添了浓密的绿色；可见只要予以适当的照顾，树木是可以很快回馈我们的。

每天早上，处处都有渴望新鲜空气的人群，到公园的树林里去接受自然的洗礼。而这些树，都是随着建设大台北的步调，深深地扎根在台北土地上的。

特别令人兴奋的是，龙应台任内，居然成功地通过了老树保护的法令。自今后，凡生长在台北市区的老树，就会登录下来，得到特别的照顾。老树受到尊重，有了基本的生存权，它就真正成为人类最亲密的友人。而台北市民也因此成为世上最文明的人类。

不久前，师范大学的学生为了保存校园里的老树，反对学校建大楼的计划，并成功地封杀了伐树的工程。台湾大学的学生为了保存温州街教授宿舍区的大树，成功阻挠了学校拆除老旧住宅、改建宿舍大楼的计划。为老树的保存而遏止了看似非常必要的建设计划，台北是多么令人骄傲的文明城市。

（本文出自《大地地理杂志》二〇〇二年十月号）

台北市的未来

在二十一世纪，一个全球化的时代，每一个重要的城市都希望走上国际化。台北建城已经一百二十周年，它能不能在全球化的潮流中带头前进呢？

让我们来比较一下亚洲四小龙。中国香港与新加坡，由于自殖民城市开始发展，它们的国际化是天生的，而它们的生存条件就是国际贸易。对于具有重要国际交通枢纽地位的城市而言，全球化是它的命运。以地理位置来说，台北市比汉城（今首尔）要有利，但自近年来的发展看，汉城已经跑到前面去了。难怪新加坡总理李显龙对我们的批评是缺乏国际观。

这一点是我们必须要承认的。

原因何在？也许我们太自满，太容易知足了，已经富裕，就不再需要努力奋斗；也许因为我们是天生的乡土主义者，我们有了机会就回到故乡，发展地方的特色，享受古早的风味，希望保存之，发展之。外国对于我们，只是旅游时的景点而已。也许因为我们不愿意与外国打交道，不喜欢说英文，只希望生存在自己的梦想中，不但不喜欢说外国语，甚至不想说汉语。

以我熟悉的建筑来说吧！过去十几年，台北市居然没有产生一座具有全球风格、可以与国际接轨的建筑，好不容易盖了一座世界第一的高楼，却丝毫没有未来感，而多的是对传统的依恋。这使我想到，我们在全球化的时代，是否仍然要以传统自豪呢？还是挥别传统，大步走向未来？我们要先想清楚才好。

其实只有真正希望全球化的城市才会有效地保存传统。新加坡把自己变型为未来城市之前，先完整地保存了一部分殖民地时代的城区，以免忘记过去，并踏着过去的足迹，迈向未来。令人高兴的是，台北市政府很了解这一点。虽然有点晚，虽然在都市发展中没有划定明确的"过去"保存区，但正不停地宣告"古迹"的增加。

把"过去"保存好，能使我们可以毫无顾忌地走向国际，信义区的建筑有些国际风，但仍然太保守了，太固步自封了，说明我们社会的领导人缺乏国际观，没有对未来的憧憬，没有抱着冲向未来，与世界各大城市竞争的野心。竞争力是自竞争的心态中产生。在这一点上，我们也许太温和了，太谦虚了。大陆为什么进步得快？因为大陆打算不计一切要赶上先进国家；要创造一个中国人的世界。北京、上海的全球化风貌，已经使台湾望尘莫及了。

我们要拿定意向，是打算"与世无争"，建造一个繁华世纪中的桃花源呢？还是投入全球化的竞技场，希望与世界先进国家并驾齐驱呢？领导者要有主见，然后号召大家朝目标前进。

（本文出自《大地地理杂志》二〇〇四年十二月号）

基隆的未来

　　我认识的基隆市，是一个港口边的小镇，群山环绕，犹如世外桃源，那是五十年前的事了；我在读大学时，忽生肺病，休学一阵后，在基隆做事的堂叔要我去他家，看能否找点轻松工作打发时间。记得当时，我自台北搭火车，经过层层山岭，最后穿过隧道到达港口不远处的车站，再挤公共汽车，沿着港口边半个小时，到达堂叔位于北边和平岛的家。当时的感觉是：基隆完全没有腹地，它不应该成为一个都市，如果不是那个停泊船只的港口，它应该是一个安静的渔港，或是一个与世隔绝的渔村，即使被称为基隆市，似与台北市有同等地位，但我还是认为与台北的闹市比较起来，它只是一个与世无争的小镇。

　　这当然是一个假象。基隆其实是一个繁忙的商港、军港和渔港。这是台湾仅有的天然良港，应该有一个都市来支持它的发展。

　　不幸的是，这样的港口却被层层山岭所包围，雨水多、空间少，像一个花蕊，本应开放为艳丽的花朵，却为外力裹住，生命力无法发展出来。因此这个港市就如同努力脱壳而不成的蛾，发展得有些四不像。否则以基隆与台北如此之近，国际港口的地位怎会被高雄夺去？怎会成为最不能使居民满意的城市？

　　五十年前我在基隆住了几个月就离开了，堂叔在一家渔业公司做事，实在没有我可以帮忙的工作，而远在澎湖的母亲也不放心我。我第二次去基隆是三十年前，我已经留学回国，去探望病中的堂叔母。他们的日子过得很苦，而基隆经过缓慢的发展，原有安静的感觉消失了，接近新辟地区的山边已被开发所破坏，所到之处都有难民营的感觉。

而后，经过台湾快速的发展，基隆不得不与山争地，都市景观愈来愈没有章法了。尤其是快速道路的建设，使人感觉如同管子插进喉咙里一样不自然。八斗子要建一座海洋博物馆，除了台电废弃的厂房之外，实在无地可用。要吸引上百万的参观人潮，交通系统也应付不了，规划了十几年至今没有定案。可是基隆就这样挣扎生存，而且想出人头地。

这时候，为了解决北部海运供应的需要，决定在淡水外海建一座大型港口。这种人工港口可以发挥运输功能，却无天然港口的美丽景观。我不禁想，一旦台北港完成，基隆会受到多大冲击？我不甚了解详细计划，但自常识看，台北港的落成应该就是基隆港实际功能的结束。发展成这个局面，对基隆而言是好消息，还是坏消息呢？

如果把港口功能移到台北外海，一些与商港有关的机构与工作人员也移走，把基隆变回一个天然的港湾，发展为观光、娱乐的地区该有多好！如果除掉了多余的建筑，让山岭恢复自然的风貌，海港里重新成为海洋动物的栖息地，岸边则是各式各样海景餐厅，或供年轻人谈情说爱的咖啡馆，原生植物与树木经过培育，重新在海边为游客提供树荫。听上去，这样的梦想也许不可思议，如果我是基隆人，就会做这样的美梦。

（本文出自《大地地理杂志》二〇〇四年三月号）

花莲的绿色之梦

近来台湾土地开发公司打算在花莲工业区开发艺术村，邀我提供些意见，因此去了两趟。我已多年没有到过花莲了，连太鲁阁的印象都有些模糊。三十几年前我所设计的天祥"救国团"活动中心与花莲学苑是否仍在营运也懵然不知。可是台开公司的邀约使我重新回到"花莲的未来"这样困难的课题中，深深思索而不得其解。

三十年前的花莲是一个充满自然风味的小镇。自然是壁立的高山，是遍野的绿意，是渺茫的海洋，有些世外桃源的趣味。我偶尔自台中开车过横贯公路，花大半天才能经太鲁阁的弯曲山道，进入花莲平原。我不禁想老来应到此营居。可是不久就响起了开发东部的呼声。那是因为地方上的一些"有识之士"与政商界的利益所鼓舞起来的。所谓开发，先要找到经济的基础。交通不便的花莲有什么可以开发的呢？只有一种，那就是大理石。这种石灰岩，品质好的可以用作建材，品质差的可以烧成水泥。因此在地方政府的鼓励下，花莲也有了工业区了。

很可惜，这些造成污染，并大量破坏环境的工业把花莲的优美与宁静完全破坏了。失掉了世外桃源的优势，才喊着要开辟高速公路。若不是工程实在艰难，苏花公路早就为劈山、除岭的大怪物所取代了。可是花莲人会问，难道我们就一直被繁华世界所隔离，过着清静、穷苦的日子吗？花莲人被遗弃的感觉是可以同情的，问题是盲目开发能解决问题吗？

二十年前我曾写过一篇短文，主张花莲要学瑞士，保留世界级的美景，却仍然是世界首富的国家。这只是梦想，瑞士的高度文明建立在国民的素质上，几乎是我们所不可企及的。可是我们可以做梦，至少政治家可带我们做梦，努力走上这条路，可惜政治人物太短视了。

不幸的是，挖山取石的工业过不了几年就没落了，只为花莲留下一些伤痕。花莲县政府开辟的工业区，很多都闲置着，少数靠自海外进口石头来加工。这些未老先衰的工业区怎么活过来呢？台开公司新任的董事长想到花莲的优势了，高山与海洋的环境价值是否可以开发为艺术家及爱好艺术的人士所用呢？

到二十一世纪，把艺术当成高交换价值的文化产业，确实是一种聪明的想法，是另一种瑞士化的发展模式。如果地方政府有这样的决心，使花莲回归自然，假以时日，一定可以在追求精神生活的新时代争得一席之地。可是伤痕先要疗治，无边际的、紊乱的建筑活动要加以规范，先要接受不开发是最有价值的开发，拆除是为了建设等观念。这，在今天的政治气氛下，是很不容易做到的。

是的，美与艺术也许是花莲未来的产业基础，而绿正是这种高尚经济活动不可缺少的背景。

（本文出自《当代设计杂志》二〇〇八年九月）

怀念台南

对于台南，我有很复杂的心情。那里是我大学四年，加助教三年，求学并奠立一生事业基础的地方；但也是我斯后数十年间很少再回去的地方。说我对台南没有感情是不对的，也许正因为我对她的怀念，才使我产生近乡情怯之感。令人难以置信的是，我自筹备台南艺术学院到担任校长的七八年间，台北、台南奔波，虽经常自台南机场进出，却没有真正到过一次台南。那实在是因为我不忍心看到我记忆中的台南逐渐消失。

台南市，在我念书的二十世纪五十年代，是一个步行的古城。做学生时日子过得很清苦，到周末去市中心看电影是唯一的消遣。那时候自火车站后面市郊的成功大学进城都要步行。我当家教赚了一辆二手货自行车，行动才轻松些。可是在我记忆中，读书的岁月，与同班同学林华英去探访古建筑，好像都是靠步行。由于用这样落后的交通方式，使我几乎踏遍台南市古老的街巷。回想起来，那些市街像蛛网一样的曲折，在主要巷道的路口总有一座小庙，像极了欧洲中世纪的古镇。我徘徊其间，使我这个来自山东乡下的外地人，恍然觉得这里才是我的故乡。

最使我伤心的是，当年穷得连一架破照相机也没有。我们在这些街

· 台南孔庙

巷与古建筑中来来往往，居然没有留下一张照片可供我回忆，只靠我日渐衰退的老脑筋，残留一丝忆念。我在成大做助教的第一年，受命帮郭柏川先生的油画课带学生去孔庙、赤崁楼等地习画，所以对重要的古迹记忆比较深刻。我今天的幻灯片档案中最早的关于台南的记录，几乎都是在若干年后自美留学回国后，再访台南时留下来的。我极力提倡古迹保存的动力是来自为台南的深刻印象所策动的思古幽情。

　　正因为如此，我对近几十年来台南市容的改变有些难以忍受，而且特别挑剔。记得在成大时我就不喜欢安平古堡。为什么？因为古堡的遗迹上不知何时建了一个高塔，上面有一古怪的白色屋顶，望之生厌。在我开始提倡保存古迹的二十世纪六十年代，一位我非常敬仰的成大教授受命修复延平郡王祠，依传统重建为清宫式样。我感到非常难过，但不知如何表达。我一直记得在建于清代的延平郡王祠大门口的一面高墙，好像把台湾几百年的苦难史挡在后面，是台南市古建筑少有的空间经验。把这堵墙拆了，使我做了一个不祥的梦。墙是中国传统空间文化的重要因子，今天拆围墙也不足以促进和谐。

台南是台湾传统建筑的故乡，我曾期待融合当代与传统风貌的新建筑自台南产生。可惜的是这些年来，台南市有影响力的政治人物却没有这样想。他们谈到台南，只想到小吃，没有想到延续都市整体的传统风貌，因此我记忆中的台南逐渐消失了。在老市区外围新建的大型公共建筑，无一想到传统风貌，连市政府大厦的设计，既没有传统，也未见时代风格，实在太可惜了。一座台湾历史馆，一点台湾味都没有，不用说历史了。我这个台南迷怎会无"不堪回首"之感呢！

（本文出自《大地地理杂志》二〇〇九年二月号）

坚守地方风貌

重视自然生态的朋友们，对于高速公路的开辟，不免有些惴惴不安，尤其是必须穿过高山峻岭的公路计划。大家都知道，希望经济进一步发展，不开路是不成的。然而开路机却是生态最严重的破坏者。这次台湾中部的大水灾，使山区不少居民受到泥石流的冲刷而失掉生计，让政府不得不反省，甚至放弃道路的修复计划，可说是对道路开辟的负面影响最认真的思考。

大选后，苏花高速公路计划暂停，是生态维护界一致的愿望，可是却忽视花莲多数住民的意愿，凸显了生态维护与经济开发的矛盾。

从这个观点看，北宜高速公路的开辟对宜兰人来说，是福是祸，又如何因应呢？

宜兰与台北都会之间有群山阻隔，因此有台北后花园的称号。自从游锡堃先生，拒绝工业开发、主张文化立县以来，这种意味就更明显了。在台北都会区人满为患、自然环境品质低落的今日，宜兰愈发使人感到清新自然。

这几年，我偶尔到宜兰，或自该县路过，虽然感受不到文化的普及，至少保持了纯朴与自然的风貌。

为了远东建筑奖的评审，几年前曾到宜兰的乡下，看了些乡间的新建筑，访问游县长主导的"宜兰厝"，与它们的主人聊天。我才知道宜兰早已成为知识分子喜爱的住处。由于汽车已经成为日常的交通工具，有些重视生活中空气与绿地的年轻人，宁愿住在宜兰，有空才到台北，我猜想这就是开发"宜兰厝"的理由。宜兰虽然偏远，农村里住的已经不是农民了，因此传统的农舍已经不合他们之用。为了配合新的生活方式，住在乡间的人需要一种新的住宅建筑。

"宜兰厝"的意义除了反映新生活形态的塑造外，还有寻找新地方主义的象征。除了合用，还有地方传统风貌延续的意象。坦白地说，这一点不容易做到，年轻的建筑师使出浑身解数，成绩不错，但仍脱不了个人的表现手法，他们能聪明地传达出与当地融合的意象已经很好了。

那么，北宜高通车会不会把辛苦经营的地方意识击垮呢？在我看来，完全视宜兰人的态度而定。

高速公路给地方带来的利益就是交通便捷。以宜兰今天的发展来说，实在并无必要，遥远的冬山河又何尝阻碍得了成千上万的外地人来此观光呢？连在河边的传统艺术中心，都不缺少寻幽探胜的旅客。没有必要，但有了未尝不好，如果能约制它带来的负面影响的话。

高速公路会带来开发商，炒作地皮、兴建高楼，破坏宜兰的安静气氛，会带来更多的观光客，使地方应接不暇，这样的冲击完全看宜兰人能不能吸收其活力，排除其缺点。宜兰的政治家要能稳得住阵脚，不受蛊惑，禁止过度发展的政策就可以维持，宜兰的商人在迎接大量游客时，沉得住气，注意服务品质，坚持环境水准，甚至提高美感的要求，则游客带来的只是向上提升的机会，是绝不会使宜兰沦落的。

（本文出自《大地地理杂志》二〇〇四年九月号）

殖民城市的悲哀

　　世上美丽的城市大多有历史渊源，历史不但可以形成城市的性格，而且可因历史上留下的建筑，而散发出幽雅而带有神秘的光辉，令人流连忘返。欧洲许多美丽的城市都有这种特质，也因此每年吸引成千上万的观光客，在广场与街头徘徊。

　　自这个角度来看东方的城市，就觉得悲哀。东方，特别是中国与日本，都有值得骄傲的悠久历史。不幸的是，当现代化的时代来临，我们的城市竟像雪见了阳光一样融化了，几乎完全自世上消失。中国的古城，除了北京尚保有皇宫之外，其他都只在我们的想象中回味一二。同样的，日本的古老城市除了皇宫与古堡之外，什么也没有了。即使京都，剩下的不过是一些零散的名胜古迹与格子形街道而已。

　　令人感到无奈的是，东方的城市凡经过强国殖民统治的，都会留下一些历史的印记，那就是殖民国所带来的西方建筑。自历史上说，这应该是民族的耻辱。当历史的巨轮让我们自殖民者的手中抢回自主权的时候，应该就是我们洗除这些耻辱印记的时刻。然而事实的发展是，除了韩国政府决心扫除一切日本统治期的纪念性建筑之外，其他国家大多视殖民地留下来的建筑为历史的瑰宝，保存维护不遗余力。这也难怪，在"二战"后得到快速发展的东南亚，是自殖民文化中萌发出来的。

他们的历史就是殖民史。

立场最尴尬的莫过于中国了。中国大陆并没有被殖民，但沿海的各通商口岸却有洋人的租界，租界与殖民地无异。也就是这个原因，上海与天津才有数量相当多的洋房。在中国大陆快速发展的今天，不少人为这些洋房请命，因为它们代表了都市的历史与建筑的水准。今天上海市的黄浦江岸，晚上打着五颜六色灯光的，正是租界时代的西式高楼。它们已经是上海人的骄傲。至于民族的羞耻感多已被丢在脑后了。

另一个有趣的例子是青岛。青岛曾是德国的租界，德国人很喜欢这个美丽的半岛，遂把它认真地建设成一座美丽的城市。不但城市的工程做法考究，建筑物也颇有风格。虽然在"一战"后不久转入日本人手中，但青岛人总是以德式建筑为骄傲。我在"二战"后逃难到青岛读初中，曾听到不少德国人的故事。我理解得不多，只记得汇泉海边的一些漂亮的屋子都是德国人建造的。青岛当时的显著地标是一座天主堂，高高的两支尖塔直插云霄，象征德国占领的那段历史。

两年前，有机会到山东一游，在青岛停留了两夜，想找回当年的记忆，已不可得了。青岛已发展为现代的城市，高楼大厦连云，想找到那对尖塔都不容易了。然而那位带领我们去寻找老青岛的当地朋友，提起德国人来仍是满怀敬意。他带我们去看山坡上德国人建造的住宅区，以及一座火灾瞭望塔。经过半个多世纪，整个环境已颓败不堪，然而一座年久失修的眺望台，就把当年的盛况通过想象复活起来。这是殖民城市的骄傲，也是他们的悲哀。

（本文出自《大地地理杂志》二〇〇二年三月号）

土楼之美在夯土

二〇〇一年的夏天，我曾到福建永定、南靖一带参观了中外驰名的客家土楼。这些土楼有圆有方，在早期大陆出版的中国民居建筑的书籍里就简单地介绍过了。但是亲自到闽西走一趟所感受到的，其印象之深刻绝不是言语所能形容的。只是社会改变了，经济生活改善了，这些世界建筑文化中的奇迹，其存在也许只有历史与教育的价值了。

那次访问的感想，曾于事后撰文刊载于《联合副刊》上。可是我有深入兴趣的部分，因过分专业，所知不甚明确，所以一直闷在心里。那就是这些土楼的墙壁是怎么建起来的。

在农业社会，建房是最重要的工业。除了匠师之外，需要很多人力，所以多是农闲时大家互相帮忙建造的。它反映了地方的社会组织与经济形态。我记得小时候在山东老家也看过建屋的过程。那是些小型的附属建筑，使用的也是夯土墙。夯土是黄河流域有五千年以上历史的建筑技术，在北方农村我年轻的时候仍然使用着。到台湾，看到老建筑使用斗子砌，觉得是一种技术上的进步，其实未必尽然。

记得北方老家有三种砌墙办法，一种是泥草砖。这是穷人家用的。就是到河边或水田之类，泥土潮湿、为草根盘绕的地上，切出砖块。取出后略加风干即用来砌墙。这是就地取材，砖用量不多，在田边盖

间看守庄稼的小屋子最为适当。没钱建屋的人家有时只好勉强使用，以防风蔽雨。一种是泥坯砖，这也是建小型房屋用的，方法是用模子制成大小完全一致的泥砖，经过日晒干透，就用来砌墙。这种砖也只能建小型的屋子，因为土坯砖的尺寸不过一尺，墙厚度有限，又不能承重，建不了高屋大宅。其实台湾的斗子砌虽有板砖砌成，中填泥土，看上去要美观些，在结构上也不适于建高屋大宅。所以台湾的老房子常需于屋角处以红砖砌成的实心柱子来支撑。在我们想来夯土墙应该是最弱才对，其实夯土才是最能承重，也最耐久的墙壁呢！

版筑是两面立板，中间放土，用力夯打使坚而建的墙壁。这种墙之所以坚固是因为可以筑数尺厚，因此既稳且可承重，足以建高楼，又冬暖夏凉。同时亦可拍打，使之光滑、平整、美观。土壁怎能耐久呢？据永定当地人提供的资料，是因为有钱人建宅是用三合土建造的。

一般的三合土，黄土只占一半，其他是沙与石灰。石灰要用到三分之一。考究的建筑，黄土只占三分之一，而且还要用糯米浆搅拌。如果是后者，所建的墙壁几乎不可能坍塌的，即使要拆除，也要先用炸弹炸坏。

客家的土楼实在是最合乎生态、最配合当地环境又最便宜的建筑。实在不明白何以放弃这样的构造方法，改采钢筋混凝土。如果用现代的工具来建夯土墙，岂不是省时、省力、省料？何止客家人应该建造夯土房，大陆北方的民宅，甚至台湾乡间与小镇为什么不用夯土来建屋呢？看到台湾乡间处处都是西式住宅，心里真不是滋味呢！

（本文出自《大地地理杂志》二○○三年三月号）

天成之美的民居

我对大陆民居建筑的了解，始于四十几年前在美国留学时。出国前在东海教书，已经对台湾的民居发生很浓厚的兴趣了，因为没有深度的研究，还没有进入情况。在哈佛大学的图书馆里，看到少数大陆出版的资料，其中最引人注目的是徽州的住宅。当时我并不了解皖南民居在中国民居建筑中的地位，只觉得自书本上看，即使印刷得很差，也能看出它的美感价值。

大陆开放后，我有机会到江南一带水乡旅游过数次，开始感觉到江南建筑与长江流域建筑的共同特色。后来有机会去了皖南，才知道这里的民居可以称为长江流域的代表，是他处不容易看到的。

大体上说来，长江流域的民居，视觉的重点在山墙。也许因为建筑之密集，与北方民宅大多为单层、独屋的组合不同，以二层为主，且紧密相连。这样的聚落最严重的灾害是火灾。建筑皆为木造，一旦有火灾，很难扑灭，容易牵连全区，造成毁灭性的后果。所以宋代以后，高墙的形式就发展出来了，它是一种防火墙。山墙原在屋顶的下面，作为防火墙，墙壁就突出屋顶之上了。这就是清代官式建筑的所谓硬山，也是台湾传统建筑中的马背墙的来源。

可是长江一带的特色是把山墙砌得很高，形成建筑景观的视觉焦

点。因此灰瓦、白壁就成为江南建筑的一般印象。以苏州为中心的江南建筑，白壁的特色并没有充分发挥出来，因为长江下游以水乡为主，水上景致不免夺走了建筑的风采。桥梁成为主角。沿河看到的建筑以青瓦屋顶为主，看到不多的白壁。到皖南就完全不同了。

徽州自明末以来就是富商的故乡。他们因土地贫瘠而外出经商致富，回家建宅，以当时水准，是全国最考究的，所以地方建设非常完备，村落中大小住宅的水准相当整齐。因为巷道等是自然发展而成，被称为马头墙的白壁就随时展现在眼前，形成特有的景观。

二十一世纪初，我与几个年轻人去了一趟徽州，感到极大的震撼。它的景致特色是集体的，很难指出哪一栋建筑有什么特别的价值，因为它们都是制式的。但是很多民宅集中在一起的村落，呈现的美感，比起德国浪漫之道上的古镇有过之而无不及。皖南的丘陵起伏，使我

们在旅行中常有机会自高处看到村落建筑错落的美感。有时候我不禁想，难道是些神仙住在这里吗？有圣人指导他们的建设吗？

其实是偶然的。以很挑剔的眼光来看，即使是西递与宏村这两座世界文化遗产级的村落，也可以挑出毛病来。但整体而言，令人陶醉的美质是明代以来，在没有美的觉悟的情况下，自然形成的，如同大自然的风光，并非有人特别设计而成，而是自然生态的天成，看了徽州民居才知何为天成的美感。

天成，看马头墙就知道了。这些错落有致的白壁，如果是干净的白色就不免失之刻板了。然而大自然的风风雨雨把这些壁面上了一层淡淡的有深浅变化的灰彩，使我们看到了时间的痕迹，不知不觉把自己融入数百年的历史之中。

（本文出自《探索杂志》二〇〇九年六月号）

别具一格的大理民居

几年前我应学生之邀去云南走了一趟。到昆明时在科大建筑系做了一次演讲，但主要的目的是访问著名的丽江、大理地区。数天的行程，令人感触良深，至今难以忘怀。

古人说"礼失而求诸野"，在古老的制度的保存上，这是千真万确的。我们去韩国旅行，看到宋、明的一些建筑制度还保存着；到日本旅行，如果到京都、奈良，看到的常常是唐代及唐以前的建筑制度。但是在韩、日所看到的是官方的建筑及寺院的格局，走到民间建筑之中，所看到的却是异文化的生活方式，有时不免有失落之感。可是在丽江、大理一带所看到的却是古代民间建筑的风貌。

老实说，我并不十分知道那么遥远的边疆，且又是边疆少数民族的居住区，究竟汉化到什么程度。所以很难说这些边疆民族的民居建筑是否可以称为古中国民居的承续。不知为什么，我在心里相信当地导游的说法，承认当地建筑的传统是来自唐、宋时的中国。为什么？还是因为以官方建筑为参考之故。丽江的木王府是标准的宋代官衙的架势，大理的崇福寺，大殿已经改建了，但两座石塔还颇有唐代的风貌。自此而推及于周遭的民居，应该八九不离十吧！

当然，民居建筑的架构与材料才是呈现古风貌的主要因素。我初

· 丽江民居

次看到丽江、大理民居的屋顶，像看到宋代《清明上河图》上的建筑一样，使我产生一丝思古之幽情。这里的屋顶，主脊略有起翘，瓦屋面是一条条的瓦垄，由筒瓦构成。这种做法在沿海地区，包括台湾在内早就看不到了。我们民屋上的瓦都是板瓦，只有孔庙上才会看到筒瓦呢！

丽江与大理相较，前者的民居更有古味。因为屋顶采用悬山者较多，而且山墙有带垂鱼者。我说这些也许太"专业"了些，意思是屋顶的木构比较轻快，而且出挑比较大，有较深的阴影。这是宋代建筑的特色。大理不知为什么，受明、清建筑的影响比较大，质朴而有敦厚的趣味。因为明中叶以后，硬山顶就较流行了。不学建筑的朋友如果对这些"专业"有点兴趣，最好找台北"故宫"所藏的清代的《清明上河图》与北京故宫的宋代原版比较一下就会恍然大悟。两个本子都有复印本流传。

硬山顶是指山墙用砖石砌起来，直到屋顶。这就是台湾常见的民居面貌。轻快感减低，甚至出现"马背"之类的曲线。粗看上去，大理的趣味还是以江南白壁、灰瓦为基调的。但是我自大街走进小巷，在大理的真正的陋巷中去探寻，才知道白壁可能是近年来出现的外来影响，因为很多建筑都是用土坯砖砌成，表面用灰色尺二砖贴面，几乎与台湾是一模一样的，只是灰、红色之别而已！

我因而对大理民居多了一份感情，深切体认两地虽有千里之隔，在古文化的传承上是同源的。有趣的是，有些民居山墙上贴了六角形装饰性面砖及垂花饰，与台湾的少数近期的民居有异曲同工之妙。特别有趣的是，大理的民居不知何时受西方的影响，使用拱门，门上且有古典装饰。台湾的西化来自日本，大理的西式风貌何所来呢？然而古、今、中、外的种种母题的大融合，使大理民居别具特色，令人难忘！

（本文出自《探索杂志》）

"乐活"的建筑

我去过西班牙两次，都是以到东北角的巴塞罗那为主要目标。想看的东西很多，只是没有想到高迪。可是离开之后多年，回忆起来，印象都清楚的竟然就是高迪。

很少人知道巴塞罗那有一座非常有名的现代建筑。像我这样仆仆风尘，搭火车过比利牛斯山，来到西班牙的建筑人，绝对看不上高迪，我要看的是现代建筑的经典，建于二十世纪二十年代的密斯·凡·德罗的德国展览馆，是立体派祖师、现代艺术巨擘的毕加索故居。因为受了现代建筑的教育，这些才是我们的偶像，至于高迪，那是一位建筑的大顽童吧！他有些什么作品，我们不太清楚，因为没有大学的课堂上介绍过他，在现代建筑史上没有出现过他的名字。说实在的，我们看他的作品是无益的。

可是到了巴塞罗那，找一个旅社住下来，拿到一本观光手册，都是高迪的作品。这是怎么了？难道没有高迪就没有巴塞罗那吗？几乎是如此。

开始我有些看不惯。这些毫无秩序观念、无现代施工方法、五颜六色、东倒西歪、像孩子玩具一样的东西，可以称为建筑吗？可是既来观光就不可免俗，我循着观光路线，也看了好几座高迪的作品，走

· Mies 德国展览馆

了三天，就已经习惯了，这位老先生的玩意儿确实很有些道理呢！这样的建筑才称得上属于大众的建筑吧。今天我们想以他为师，恐怕也做不到呢。

在巴塞罗那，我感觉到市民们提到高迪时表现出的骄傲，感觉到老百姓站在建筑前面的愉快笑容。这一段经验使我改变了我对建筑的基本概念：建筑不应该为建筑专业所认可而设计，应该为社会大众的福祉而设计，包括了在形式上的欢乐气息。欢乐也许是建筑的重要价值。

在过去，这样的观点是不可能被接受的，因为古典艺术的核心是悲剧精神。经过二十世纪后半段的财富累积，人类终于接受了"乐活"观念，快乐的过活已经成为全世界的共识。这样看我在三十年前对高迪建筑价值产生的反应，应该是比大家先走了一步。这个观念产生了后来我所写的《大乘的建筑观》那篇文章。

我在巴城两次都看了圣家堂、米拉之家、奎尔公园等远近闻名的建筑，第二次看了奎尔别墅。这些都已经是世界文化遗产了，足证其价值已为全世界文化界所肯定。然而我们要怎么自专业来看他的作品呢？

高迪是执照的建筑师，并不是所谓素人建筑师。他能大胆地自专业训练中走出去，拥抱大众的趣味，实在是很难能可贵的。一方面无

· 奎尔公园廊

· 圣家堂

· 米拉之家

· 奎尔别墅

可讳言地受到当时世纪末所谓"新艺术"的装饰风格影响，一方面出之于西班牙民族热烈表达的情怀。可是他本人勇于扬弃刻板的学院建筑模式，痛恨直线，创造一些很难在图板上描绘出来的造型，结合了雕刻与绘画，发挥想象力，塑造真正称得上"艺术之母"的建筑，应该是出之于他独有的人格特质。

建筑能做到使大众感到快乐实在太困难了。希望到巴塞罗那旅游的朋友们一定要到奎尔公园逛逛，因为那里曲线色彩丰艳的座椅，确能使你心情轻松起来！

（本文出自《探索杂志》二〇〇九年一月号）

红砖的吕贝克

三十多年前的一个暑假，我在伦敦参加了一个伦大的短期讲习之后，去欧洲逛了一个多月。我买了一张欧游的火车票，可以在西欧畅行无阻。当时年纪尚轻，就选定了几个目标为旅游的焦点，其中之一就是北欧的红砖建筑。

欧洲的领域不大，国家很多，中世纪时封建诸侯的传统逐渐形成。正是由于国土的疆界，才把传统的文化保留下来，不但各自有自己的语言、生活习俗，也有独特的建筑的传统，对旅游者而言，短短的旅行就可体验到丰富的变化。然而整个欧洲仍然可以因其区位的不同而有地区的共同特色。其中一个具有共同特色的地区就是北欧，它的核心城市就是吕贝克。

北欧的建筑价值自学院的标准来看是有限的。所以在世界建筑史的大架构中没有北欧的位置。自正统的希腊、罗马以降，即使是中世纪的建筑也是以法国与英国为代表。北欧从来是海洋文化的先锋，是以商业起家的，在文化方面较弱是很自然的。因此到这里看建筑，不是瞻仰伟大作品或历史巨构，而是认识其地域特色，从而欣赏他们的生活方式。北欧是世上最富庶、生活最惬意、社会福利办得最好的地区，也是生活美学上最成功的地区。

· 红砖、尖塔、高山墙

今天提到北欧，是指丹麦、瑞典、挪威等国。自文化上划分，其实自比利时、荷兰沿海、德国北部都应该属于这个圈子了。我喜欢用建筑的形象为标志划分区域。我称北欧为"红砖、尖塔、高山墙"地区。在欧洲，红砖建筑一般被视为次级的建筑，大理石的建筑才称得上建筑。所以英国有些地区性大学，因建筑多为砖砌，被称为红砖大学，是与牛津、剑桥等大理石大学不能相比的。所以红砖带有贬抑的意味。美国最古老的大学是哈佛，但是古老的"哈佛园"中全是简单的红砖建筑。在当时的欧洲看来，它不过是边缘地区的不重要的学府而已！

红砖是平民的建筑材料，但并不表示是低贱的材料。北欧地区认真地把它用在重要建筑上，在我看来，精致处与石造建筑相比并不逊色。到了吕贝克，看到当年"汉撒同盟"的核心城市的建筑盛况，更使我相信材料没有贵贱，看你如何使用。记得我站在市政广场上，四周各种式样的砖造建筑使我兴奋，简直不想离开，也忘记了饥饿。它保存了大量的欧洲十三世纪以来的砖造建筑，两次世界大战也没有对它破坏，至今为德国人所珍惜，有几座成对尖塔式城门还常出现在邮票上。

市政厅特别吸引人，是因为前后建造了三个世纪。他们喜欢在老建筑上加建新屋，使建筑成为凝固的历史。最后加上一个高大的门面，把教堂的富丽感与尖塔、圆拱带进来，与周遭的斜屋顶形成强烈的对比，十分感人。

吕贝克有一座小教堂，旅游手册上指出，其中有一铜版画像颇有价值。我当时正为铜版拓画着迷，就趁旅行之便去拓了一张。他们已经禁止拓画，我向主事的女士恳求，她把我关在教堂里两小时，还指导我要拓满版。这张拓片很大，后来我把它挂在南艺大的办公室里，退休后就送给学校了。

（本文出自《探索杂志》二〇〇八年十二月号）

古城之旅的回忆

　　一九七四年的夏天，我买了一张可以使用三个月的火车票，在欧洲自助旅行。这是我一生中最辛苦，也是收获最丰富的一次旅行。

　　那是我第二次到欧洲旅游。第一次去欧洲在一九六七年，我自美过欧返国时。当时我把时间集中在名都大邑，对欧洲文化的核心有了深切的了解。所以第二次欧游，专找比较偏僻的地区，访问观光客罕到的山城。大约有两个月的时间，我一个人，提着简单的行李，背了一架相机，走遍意大利的中部、法国的西南部与西班牙的一些市镇。其中使我印象最深刻的，仍然是意大利托斯卡纳的几座山城。

　　今天的年轻人也喜欢自助旅行，可是与近三十年前我的旅行不能相提并论。当时的欧洲乡村尚相当贫穷，交通不便，饮食尚未国际化。而且回想起来，我并不年轻。我已经是四十岁的人了，担任东海大学的建筑系主任已有几年，体力怎能与年轻人比。何况我离乡背井，在外游荡已近半年。我怎么会有那么大的兴致，去寻找西方文明的根源呢？

　　那时候，我已看过了一些中欧的古镇，比利时、荷兰到法国，有些很美丽的古城，充满浪漫的意味。可是那些古城都是文艺复兴以后市民文化的产物。其美丽虽然天成，却已感觉到刻意求工的意味。只

· 西耶那鸟瞰

·西耶那广场

有到意大利，才能看到近代文明尚未来临前，欧洲人为环境塑造的真相吧！那就要不辞辛劳了。

托斯卡纳的中心是佛罗伦萨，我的山城之旅就以这里为起点。这是我第二次来此，重温文艺复兴艺术文化的旧梦。然后每天清晨搭第一班公车，去附近的山城观光。其中一个重要的古城就是西耶那。

在十四、十五世纪，西耶那是一座繁荣的中古市镇，它与佛罗伦萨抗衡，在艺术史上曾形成一派，带有浓厚的中世纪的色彩，后来被时代潮流所淘汰，遂隐到历史的背影中了。我长途跋涉，无非想感受一下中世纪的市镇与文艺复兴市镇的对比。

公车停在市外，是否因为街巷狭窄，车过不去，已经不记得了。我安步当车走进窄巷中。西耶那建在山头上，最高处是市政厅及半圆形广场之所在。市政厅的尖塔高耸，远看像一根旗杆。我走在顺着山势建造的窄巷上，只感觉两面石壁，及少数的开口，好像一座超级的军营。它有一种美，是朴质的、单纯的美。然而西耶那的居民可能不知美为何物，他们追求的只是今世的生存与来世的生命。在这里看不到考究的宫殿与大理石的装饰。立在另一个广场上的教堂，表面虽装了大理石，呈现的图案却是后期哥特式的。我体会到，如果文艺复兴的市镇是一只张开的手，那么中古市镇就是握紧的拳头。

我在市政广场上逗留了很久，拖着疲乏的身体，攀上高塔。自塔上俯视西耶那密集的红色的民居屋顶，像一幅美丽的织物衬托在枯黄的托斯卡纳山岭间。而天空万里无云，像蓝色的锦缎。高塔的影子投在广场地面上。我喘过气来，休息一会儿，又循着旋转石梯回到地面，自此而后，我就开始有心脏病的征象了。

（本文出自《大地地理杂志》二〇〇一年九月号）

怎么看巴黎

　　今天去欧洲观光的人，必然以巴黎为首选。如果说巴黎是世界上最受赞美的城市，恐怕没有多少人有异议。大家的心目中她是文化与艺术之都。

　　对艺术有兴趣的人，来到巴黎就想到博物馆。如果你真这样想，恐怕要住在巴黎一段时间，因为这里的博物馆太多了。自世界第一的古美术博物馆卢浮宫，一直数到当代艺术的博物馆先驱，庞毕度中心，具有世界性声誉的博物馆，一时算不清楚。据我了解，除了以艺术史为专业的人，几乎很少有人对博物馆一一走访的。其实真正以艺术为专业的人，恐怕除了他特别留心的某些特定艺术品之外，其余也只是走马看花。很惭愧，我这个学建筑、教建筑史的教授，去过巴黎若干次，竟没有去看过在埃菲尔铁塔对面的建筑博物馆。因为到了巴黎这个"花都"，不免眼花缭乱，可看的东西多，沉不下心来看博物馆了。

　　来到巴黎，如果不是跟观光团走，要怎么看她呢？有一位朋友这样问我，我实在回答不出来。依我的经验，只能说看你个人的兴趣与目的吧。一定要我回答，我建议要体会到巴黎之特殊风味，走走两点、两线是不能少的。

我这样说是假定你不参加旅行团，观光时靠步行。因为步行是
认识一个异文化所必要的观光方式。何谓两点、两线呢？要深刻认
识巴黎文化，"左岸"与蒙马特是两个点，一定要去逛逛，每点至少
要花一两天时间。因为这两处曾经是现代艺术的温床。要深刻体会
巴黎城市与建筑的美，了解西方文化的空间观念，就必须走走卢浮

· 歌剧院

汉宝德的人文行脚

· 玛德俉

官前后院的主轴线，与埃菲尔铁塔下的主轴线。步行是辛苦的，所以你最好是年轻人。

我只能说说第一条线供你参考。你要设法使自己站在卢浮宫的东向正面的前面。这是起点，你看到的建筑是建筑史上的重要作品，要摄影留念。穿过中央的大门进入中庭，同样是法国文艺复兴式的重要经典之作。你浏览一下中庭四面，感受到法国封闭空间的艺术手法。再穿过后门，进入后庭，就是贝聿铭的玻璃金字塔的所在地。这里是开放型的广场，向前走去，可看到一座小型的凯旋门，通过这座门遥望协和广场中央的埃及尖石塔，就是官殿主轴线的重要节点。穿过杜乐丽花园，步行到广场，可遥视远处的大旋凯门，这时候你可以右转，经过一段对称的大道，看到一座希腊神殿式的建筑：称为玛德俉堂。

绕过它的右边，可以看到一条大道，直走下去，会遇到歌剧院的广场，当然可以欣赏巴黎最美的巴洛克建筑：巴黎歌剧院。如果你从协和广场直走下去呢？就可见识世界有名的香榭丽舍大道了，最终就可到达凯旋门前。

巴黎是说不完的。步行观光客先拿到一份观光地图，仔细研究，看你是喜欢花都巴黎，还是文化巴黎，决定你要顺着主轴线走，还是在巷道间游逛。也许你喜欢在小广场的咖啡座闲坐，也许你想搭乘游艇，在塞纳河上欣赏一番河岸与桥梁之美。在船上，你看到的圣母院比起广场上的圣母院要神圣得多，因为放低自己的视点，那些飞扶壁与尖塔显得更高耸，更感人了。

（本文出自《探索杂志》二〇〇九年十月号）

威尼斯的回味

　　有人说，世界上最浪漫的城市就是威尼斯。原因很简单，威尼斯是世上唯一以水渠为道路的城市。水，是一种梦幻的存在。你不需要去威尼斯，只要闭上眼想想，一座没有马路，只有河流的城市，会是怎样？就可以知道个大概了。它的美反映在倒影中，在流波中。晨光与晚霞都会为它增添无尽的光彩变化。只是以船代车，阵阵欸乃之声，就足以令人神往了。

　　这是我的感觉。一九六七年夏，我第一次去威尼斯，立刻就被这样的感觉迷倒。我去那里原是建筑之旅，但坦白地说，威尼斯没有使我感动的建筑，只有动人的风情。风情是河川造成的，是中世纪式的城市空间造成的。狭窄、曲折的网状河道，各式的石桥连通大大小小的都市空间，创造出举世无匹的浪漫风情，令人终生难忘。

　　我常想，一个充满风情的市镇中，建筑之美也许是次要的考虑吧。试想在狭窄的河道两岸建屋，谁会考虑建筑的造型呢？你看不到建筑，看到的是天际线。即使是在大运河的两岸，有足够的宽度可以欣赏建筑的外观，可是对大部分在水上移动的人来说，天地是晃动的，没有人可以在定点欣赏建筑的美。而建筑在本质上是一种静态的艺术，所以在威尼斯，除了广场的领域内有值得欣赏的建筑外，大部分的居住

· 威尼斯之一

建筑，虽有些大型宅第沿河而建，包括各种时代风格，视觉语言丰富，却也没有多少特别出色的作品。

我记得，我在弯曲的河道中寻找有趣的教堂正面。时而我会跨进一个小广场，迎面看到一座比例美好的小教堂。威尼斯发展于十六世纪，时当后期文艺复兴，在宗教建筑上有很成熟的正面。我照了相，但不知道这些教堂的名字。当然了，以圣马可教堂为中心的广场集中了威尼斯大多数著名的建筑，仍然是学建筑的人应该认真观察的。

自建筑看，圣马可教堂并不是很理想的设计，但是它的金色的五个圆顶，正面金碧辉煌的柱廊与拱圈，为威尼斯与其广场提供了适当的视觉焦点。这个广场极大，呈梯形，由简单的建筑正面所围成。它的特点是教堂正、侧面都是广场，侧面的广场虽小些，但极为闻名，

· 威尼斯之二

因为它通向海边，景致优美。左为哥特式的宫殿，右为文艺复兴式的公共图书馆，及一座极高的尖塔，是威尼斯的精神重心。我去过几次，每去必在这个广场上流连忘返。

要欣赏威尼斯的美景，至少有两处一定不要错过。一处是在大河道近海口的桥上，向海口看去，右侧远处有一座大教堂，予人以文化与自然交融的美感。另一处则为自圣马可广场出来向左转的桥上，回视大河道的出口。这里就是近年来为双年展所租的普来生宫的外面。站在桥上，右手边就是哥特式道基宫的华丽墙面，正前面是图书馆，左边则是远处隔水相望的大教堂。这是一个典型的美景，曾有不少十九世纪的著名画家来画过。我第一次看到此景深受感动，每天在不同的时间来欣赏，晨昏光线的差异，造成决然不同的风貌

· 威尼斯之三

与美感。只是可惜，我最后一次去访问时，发现当地政府为观光客之便，已在左边水岸建了房舍，景致破坏了不少，已无当日那么完整的感受了。

（本文出自《探索杂志》二〇〇九年七月号）

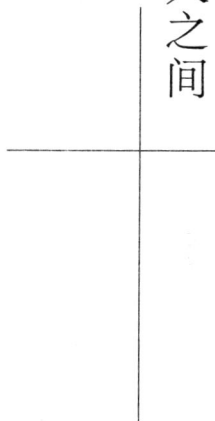

天人之间

.

参天地之化育

在人类文明中一个最愚蠢的观念就是"人定胜天"。

西洋人在古典时代把神等同巨人，到了基督教时代，指明了神用自己的形象创造了人，自始至终，以为人力可以支配自然。这种观念使西方人以科学与技术控制了全世界。所以文艺复兴之后，索性把人视为宇宙的核心，在今天看来是十分狂妄的。

在外国人眼里，中国人似乎是顺应自然的文化，但是以流传的"愚公移山"的故事来看，在骨子里，我们也是主张与自然对抗的。人本主义的思想原本就是以人为中心的，所谓顺应自然不过是在无法抵抗自然力的时候，一种暂时的姿态。当能力伸张的时候，一副"大禹治水"的气势就表现出来了。

到今天，科学的发达终于使我们明白，人类在大自然中是渺不足道的。人类的文明几千年来翻云覆雨，看上去似乎极为伟大，却只是无尽的宇宙中可以忽略的点滴，连茶杯里的风波也比不上。有了这样的知识与体会，人类有没有表现出一点谦卑的态度呢？答案是极为有限。

自从二十世纪中叶以来，一些聪明人开始劝告世人，要认真地顺应自然。他们体认到人类文明在"胜天"上的努力只是在大自然的力量中寻求生存之道而已。这是不得已的，因为人之道反乎自然，以"仁"为核心价值，也是不能放弃的。因此真正的智慧是如何使天之道与人之道和谐相处。自二十一世纪开始，大自然消灭人类的迹象陆续出现了，这就是人类文明所应努力的新方向。

"八八"水灾，是自然力对台湾的牛刀小试，我们已经吃不消了。对聪明人来说，这是一个适时的教训，要我们不要再自恃大禹精神，动不动就触动大自然的神经。媒体对政府的严厉批评虽然不无道理，但与大自然迅雷不及掩耳的灾害相比，即使有能力的政府也是躲不过这一击的。

今天我们所能期望的，是重建的政策自这次教训中学习到些智慧：不再与大自然对抗。"复育"是一个重要的观念，但是把它解释为要用人力恢复先前的旧观就是非常错误的。相反地，我们应该尝试从零做起，自根本处了解自然特质，使它恢复自然运作。我们一旦了解自然力量的行为，就可以在顺应它的原则下，找到我们的安身立命之处。这样做，才是"参天地之化育"。

重建，并不急在一时。先用组合屋等临时建筑安置灾民，使他们恢复正常生活。等到对土地开发的正确方法有了定见之后，再设法做永久性的建设，才是稳健的政策。政治人物为了应付地方灾民的压力，急着允诺限时为他们复村，是很不切实际的。复村不但花费庞大，而且工程无法持久，再来一次水患，上千亿的建设又会泡汤。我们不是已有一次治水经验了吗？

这当然需要全民的智慧。一些外行的名嘴只知谩骂，对政府形成压力，提高收视率，却不知这是一个旷古的大问题，再英明的领导人也无法立刻知道答案。重建不是恢复，我们要接受灭村是大自然演化中的过程，顺者昌，逆者亡。我们悲伤，但要在哀痛中接受此一事实，以求新生。

（本文出自《当代设计杂志》二〇〇九年十月号）

全球变暖危机

目前，世界上最热门的课题，就是如何解决全球变暖的问题。信不信由你，在二〇〇八年，美国总统大选的政见中，已经把全球变暖的议题视为论辩焦点。美国人向来对此议题不太热衷，为什么他们也关心起环境问题来了？

当然是因为能源短缺与价格飙涨的缘故。能源者，石油也；石油者，创造二氧化碳最严重的燃料也。二氧化碳者，全球变暖之罪魁祸首也。因此，解决能源的问题，也就等于解决全球变暖的问题。美国的总统候选人看到，不能不开汽车的美国人受到高油价的压力，开始想到，把能源问题独立变成竞选口号，以不再依靠外国进口为目标。这谈何容易？因此，不能不谈到能源绿化，顺便高唱起解决全球变暖危机的大题目了。他们的前副总统戈尔不是一直在鼓吹缓解全球变暖危机吗？

要降低全球变暖带来的环境危机，不能不自两方面着手。积极的一面，要开发不会产生二氧化碳的能源。过去几十年来，可以想到的都想过了，只是成本太过昂贵，在商业上行不通。诸如：太阳能、地热能、风能、潮能、植物性能源等，都有人做过实验，而且掌握了相当的技术，只等油价上涨或用光之后，再行推出。另一种干净的能源是核能发电，这是一种非常有效率的能源，可惜总有些神经紧张过度的所谓进步人士，挑起政治问题，使若干头脑不灵光的国家，不敢大胆发展核能发电。以电力作为能源的问题，是如果作为汽车动力，则车速无法提高，只能在高尔夫球场上使用。

消极的一面，是节省能源。这是一个非开汽车不可的时代，怎样提高效率，减少耗能，是各国努力的方向。在能源节约上，另一个重要的区块就是建筑。现代人的生活享受，在居住环境的条件上提高，处处需要消耗能源。近年来，绿建筑成为各国鼓励的目标，此实为大势所趋。

但要认真地朝绿建筑发展，首先，要大幅度地改变建筑系及相关科系的课程，使建筑工作者都能掌握节省能源的技术，在设计施工过程中，熟练将其运用。目标既是减缓全球变暖，建筑只是其中一环，更要在一切建设活动中，注入省能观念，开发省能科技。这些新知识必须通过强制的方式，使工程界开始接受，逐渐成为理所当然的作业观念。

美国有学者认为，全球变暖的危机迫在眉睫，如果十年内，不能有效解决，有可能成为人类的浩劫。我们虽无法完全听信学者的推断，但负责任的国家都在认真制定阻止全球变暖持续恶化的具体计划。我们做了些什么呢？

（本文出自《当代设计杂志》二○○八年一月号第一八二期）

"绿"是回归自然

目前，最流行的建筑可分为两大支，其一是以数码科技为主轴的自由造型，即大家所熟知的前卫建筑，其二是以环保科技为主轴的理性造型，即大家所熟知的绿建筑。这两支建筑的交集是高科技，因为环保的技术必须通过新科技来完成。

前卫建筑与绿建筑在精神上有什么不同？前者重在造型，后者重在节能。由于建筑的艺术面，在二十世纪末，开始受到富庶社会的重视，建筑的造价直线上升，所以全世界都争着创造耀眼的新地标，又有所谓"解构"主义学派的支持，因此，很少人注意到绿建筑的存在。在台湾，似乎只有建筑研究所在努力推动，虽然有"绿建筑标章"的办法鼓励业界，但成效还不明显。

"绿"代表环境保护，似乎已是普世所承认的了，但在我看来，建筑环境思考也受绿字之累。何以言之？人的感官是视觉趋向的，说到绿，我们就会想到树木、草坪，绿建筑好像是为树木所覆盖、草地所围绕的建筑。如果做到这一点，当然可以与自然相协调，但在今天的高密度居住环境里，绿，并不容易做到。所谓环境维护，是指为保护地球的生态所采取的手段；绿，其实只是很多手段中的一项，其重要意义是节省能源。这是非常科技化的课题，与眼见的颜色是不相干的。

绿建筑之所以不受重视，实因以地球生态为基础的节能观念，距离一般大众太遥远了。大家在全球快速发展的经济热潮中，多花些空调电费又算得了什么？所以今天提倡绿建筑，首先是道德问题，其次才是技术问题。只有民众普遍接受了生态观念，认识"我们只有一个地球"，才能有效地推动绿建筑。

　　"绿"建筑代表"绿"生活，是一种返璞归真的生活方式。现今的科技世界中的生活，一切都靠能源，没有电，我们就活不下去了。今天，全面空调的家里，不但厨房已经电气化，客厅已变成电影院，就连开窗子、拉窗帘，甚至擦屁股都要电力帮忙。理想的生活真的需要如此"进步"吗？其实，绿建筑的观念，在现代主义流行的时代是最受重视的。今天，哪位建筑师还会关心什么日照学、微气候之类的知识呢？

　　（本文出自《当代设计杂志》二〇〇七年十一月号第一八〇期）

自然与风景之间

二〇〇四年七月，台风带来的一场大雨，把台湾中、北部的山区彻底地破坏了，道路崩塌，桥梁断折，农田被掩埋，连房屋也被泥石流冲垮。"九二一"震灾以来，政府与民间投下去的几千亿，一夕间泡汤。大自然用它为实例，昭示我们，以建设来对抗自然力量是必然失败的。这次灾难说明了自然生态的维护不只是空洞的理论，而是生存之道。

正在这时，国际景观学会要在台北开会，主办共事的游教授要我写一篇文章，在大会上做一次演讲。我写了《中国人的自然观》，这是我多年来的观察。我发现中国人最喜欢谈自然，但是骨子里最不懂得尊重自然。因此海峡两岸在快速发展的时代，都不断地破坏自然生态，造成环境的灾难。其实中国人对自然的矛盾，锐利的观察家早就应该觉察到了。征服山岳、开发高山资源的想法一直存在。要怎么说呢？没有这种想法，怎么会有高山的温带水果吃？据说中国台湾的梨子与桃子远胜过日本呢！没有这种想法，怎会有高山观光的路线？人人都说中国台湾的高山景观比日本还美！

这一点我可以证实，八月底我参加了一个观光团，与几位朋友到日本的立山黑部旅游。立山是日本中部的一座高山，海拔约二千五百米，平常外国人是不来的。原以为是世界美景，谁知换了六次车，耗了大

· 日本立山景观

半天，过立山到黑部湖，景观不过尔尔。与东西横贯公路的风景比起来要差得多了。难道日本的自然风景真的那么差吗？

也许。但山川的自然美都有一定的水准，不应说差太多，至少有青山绿水、层峰叠岚之盛，可是我在立山连这些也没看到。何以故？因为他们穿山越岭，没有开辟公路。较平坦处使用汽车，过于陡斜处使用缆车，或穿山为隧道，甚至有陡斜的隧道使用轨道式缆车。想想看，走了半天，大多在隧道中挤车，能有什么山景可看？只有在休息站稍作停留时，对山川景致惊鸿一瞥而已。

台湾的横贯公路则全是路面交通，绕着山谷前进，山川美景尽收眼底。

日本立山的观光是以交通工具来吸引人，不是风景（据说大雪后确有不同的体验），他们牺牲了风景，保存了自然。在高山中开路是最伤害生态的行为，不但修筑路基造成破坏，而且容易招致进一步的开发。日本人宁可保存不为人见的自然，完全是民族性使然。

高山峻岭与人的关系，是风景，还是生存环境？这要一些智慧去体会。在现代科技来临之前，人类征服自然的能力不足，因此可以和谐共处。中国人甚至发明了风水的理论，使人类可以欣赏自然风景，又可以享受山水之利。这一切都因劈山开路的技术破坏了，台风暴雨带来的泥石流灾难，会让我们改变凌驾自然的态度吗？我支持不修山路的政策。

（本文出自《大地地理杂志》二〇〇四年十月号）

失去的水缘

在城市中有一条河水流过，对于市民而言是很幸福的。即使是一条狭窄的河沟，如果善加规划，都可能成为市民性灵生活之所寄。很可惜，台湾的城市居然没有一处拥有这样一条河水。高雄的爱河、台北的基隆河，都由于某种环境的原因，没能成为城市的灵魂，反而成为灾害的来源，使得市民闻水色变。

可是在我熟悉的两个城市中，原都有一些水流通过，那大概都是当年开辟的灌溉渠道吧。在台中市，有绿川与柳川横贯市区；在台北市，则有琉公圳南北穿越市街。在我开始认识这两个城市的时候，并不知道这些河川的意义，完全没有想到，这两个盆地当年曾是重要的农业生产区。

在我的印象中，台中市的绿川与柳川是两条不讨人喜欢的排水沟，与它们的名称完全不相配。不但味道不太好，而且还有违章建筑矗立岸边；既没有柳，也没有绿。考虑卫生条件的人会问，为什么不把它们盖起来，当成地下排水沟？台北市倒是做到这一点了，琉公圳变成宽广的新生南北路，下面大约成为污水排水道了。到今天，谁还记得曾经有一位姓郭的老先生，为了灌溉台北盆地的农田，自新店溪开圳引水的故事？

也许受高人指点，台中市的"川"都没有完全加盖，但是也没有留给市民任何河川的感受。他们的做法是把"川"加以整理，让它们顺着道路走；或者说，把原有的自然弯曲的水道，驯化为路边整齐的河沟。这不免要"截弯取直"，虽然保留着，仍然不免水泥沟渠的感觉。河川失掉了自然，即使偶尔河边有棵树，也与路树无异了。

为什么台湾过去若干年与大陆近年来建设的城市失掉了水缘呢？威尼斯的水城已有数百年的历史，至今未变；而苏州开发不到十年，怎就把水城的美感开发掉了呢？问题在于道路的开辟。我们太照顾汽车了，为了使开汽车的人方便，就牺牲了城市的自然风貌。这是开发中国家的通病，认为宽广的道路与拥挤的车辆才代表进步。

由于过分重视汽车，对付城内"落后"的河川地带，若不是如台北加盖变成大道，予以彻底消灭；就是如台中予以市街化，夹在车道之间。不论城内的水道原是灌溉河川或自然河川，要保留，就要保留其自然之美，恢复其生机。想做到这一点，就不要与它争地，河川及两岸该宽的地方宽，该弯的地方弯。应把它当成公园，河的两边最好没有汽车道，而设步行道，如非有车辆通过不可，也应该是社区的小道，不准停车。只有这样，才能使城内的河川与市民生活发生亲近的关系，让河川的生气流布到市民身上。

有些年轻人异想天开，希望在台北市恢复一部分琉公圳，让未来的世代仍能怀念先民开辟的辛劳。当然，一个城市的史迹和自然纪念物是很重要的；然而要在高楼林立的台北重开河道，恐怕谁也做不到吧！我们希望大陆的城市开发不要重蹈覆辙。

（本文出自《大地地理杂志》二〇〇一年十月号）

建筑必须深化环境科技

　　柏林是我去过多次的城市。二十世纪七十年代初，我去柏林参加西德政府为开发中国家举办的都市发展研讨会，其目的是传授开发经验及避免德国的错误经验。他们除了在课堂演讲之外，并带我们去参观工业废墟，如鲁尔区，及过度开发的城市。他们知道德国是落后国家视为典范的工业国家，但却告诉我们，你们可以做得更好，千万不要破坏环境，蹈工业国家的覆辙。坦白地说，当时我们听了还觉得是一些风凉话。课毕回家后，我写了一篇文章记述研讨所得，印成小册子。这些资料除了我在学校课堂上偶尔说给学生听之外，已如烟云一样消散无踪了。

　　在当时，我所见到的柏林是西柏林。战后被美军炸坏的残迹还可以看到一些，但在我印象中，柏林几乎全是绿野，我感受不到都会中心的繁荣。西柏林是个孤岛。柏林的市中心与纪念性建筑都在布兰登堡门后面的东柏林。柏林围墙之西是一大片绿林，当时我不了解何以要在市中心附近设立这样大的公园。我的印象中，西柏林市区只是公园边缘的建筑群而已，其中只有被飞机炸坏的威廉纪念教堂高塔及其旁边建造的现代高塔的对比，留下深刻的记忆。

　　我后来去过几次，对于有关德国对环境的关怀并没有进一步地了

· 柏林国会大厦圆顶

解，只知道他们在保存古建筑上不遗余力，而且大规模地复建被炸毁的历史建物，使得世上科技最进步的德国，也是历史风貌最完整的国家。

　　一个无从争辩的事实是，科技进步的国家也必然是对于建筑环境的绿化最有成就的国家，因为绿化并不是不开发的意思，而是在快速开发中保存环境生态的意思。所以绿建筑代表的意义就是建筑高度科技化，并运用在节能减碳的建筑上。以观光为目的的访客，不可能对此有任何了解。

　　以国会大厦的玻璃圆顶来说，你能在建筑造型上看到的不过是用玻璃复原一个传统的圆顶而已。如有兴致，可以买票上去走一趟，把它当成瞭望塔，还可以看到公园附近的重要建筑。但无法知道这原来是一个现代高科技的装置，其节能的功效令人叹为观止。它不只是一个玩具，更是建筑与科学精密结合的产物。

建筑的绿化是科技生活化的深化，在今天的台湾实在是谈不到的。我常常想，全世界都在使用高科技来创造新的空间与造型，缺乏科学背景的建筑界已经应接不暇了，要怎么张开双臂，迎接绿化的新技术呢？用科技做夸张的造型可以得到掌声，成为英雄，大家仰望还来不及。台湾的建筑界要怎样先重视科技的专业，再完成为艺术的表现呢？

一切改革要从教育开始。今天距台湾现代建筑教育在东海大学开始实施已经快半个世纪了，我们需要一个新的教育课程体系来面对新时代。只是建筑系已经不够了，要以院为单位，把绿建筑的科技化设定为核心课程。环境、科技与美感要来一次深度的结合，才能设计出弗斯特在柏林国会大厦的圆顶上所表现的成就。

需要真正属于市民的绿地

　　大学校园与都市公园是无法相比的，因为校园所服务的对象以教授、学生为主，公园所服务的对象是市民大众。全世界的情形十分类似，大学校园内有规划良好的绿地，却很少市民使用，因为大众会自动尊重大学校区的宁静。何况有些大学对校园的进出是控制的。

　　坦白地说，大学校园中的绿地虽大多维护良好，却并不适合市民使用。大学的空地除了交通干道之外，主要是为衬托校园建筑，营造良好校园气氛之用。牛津大学的二十几个学院中都有绿地，但都不准学生践踏草坪，更谈不上服务市民了。只有教授，或跟教授谈话的学生才可以踩上草坪。难怪大家视牛津、剑桥为贵族学校。一般大学虽没有严格的规定，其意义是近似的。我在规划南艺大校园的时候，在大门的主轴上留了绿地，全是为了突显建筑，没有打算为民众使用。可是大学校园中都有大片绿地供学生运动之需要。大学中少不了跑道、操场、各类球场，但也大多是供学生使用，或供大学间比赛时使用。如果在校园规划时就想到运动场所供市民使用，只要不影响校区的安宁，确实是可以考虑的。

　　至于都市公园就完全不同了。它的存在是为都市居民使用。所以公园规划自始应该把市民的活动放在心上。世界各大城市的公园以伦

· 海德公园的大草坪

· 大安森林公园的林木

敦的公园最亲民、最近民意，二十几年前我就写过一篇介绍伦敦公园的文章。

台北的公园与伦敦最大的差别在哪里？在于英国人真正喜欢开放空间的自然风貌，喜欢大树与草坪，我们喜欢出花样。英国人的公园中很少运动设施，他们认为真正要运动应该到运动场去。至于为儿童设置一些古怪的游戏用装备，更是少之又少。我们似乎觉得只种树、植草，太寒酸了，总要弄点热闹的东西进去。

大安森林公园是若干年前一群学者闹着要森林，才把原计划的大型运动设施改掉的。因为硬挂上森林二字，总算种了很多树。然而规划者还是不肯完全松手，建了既不好看，又无法亲近的水池、假山。在中国传统文化的影响下，没有这些不能算"园"吧！又受了美国的影响，一定要有一个露天音乐表演台。当然了，少不了供运动用的空间与儿童游戏用的设备。然而真正可惜的是缺乏整体的空间规划，未能使它成为台北人的骄傲。

森林公园要学学伦敦的海德公园。在适当的位置，先要设置大片的草坪，市民可以踏上去散步，可以躺下来晒太阳、坐下来聊天的大草坪。选种的树木需要很快成林，枝叶繁茂，一方面可以形成草坪空间的边缘，另一方面可以走到林中，体味到清新的馨香。不幸的是，大安公园整体而言有点乱糟糟。市民走进去除非是参加团体早操活动，否则有不知向何处去的感觉。它失掉的是美感，因此也失掉了方向感。大自然的美在人工经营者的手中丧失了，实在是全体市民的损失。

垃圾文化就要来了

我学的是建筑，从事的工作多少都与建筑相关，因此面对的挑战都是正面的，诸如如何创造美的环境之类，很少想到垃圾等令人不愉快的东西的处理问题。

一九七七年秋，我应邀去中兴大学担任理工学院院长，该校无建筑系，罗校长原答应把台北校区的都市计划研究所搬到台中，让我有机会开课，我上任后，才发现他没有认真信守承诺。没有法子，我只好挂在环境工程学系，开一门通识课。

建筑是创造环境的学科，环境工程是维护环境的学科，都是环境，但其内容却南辕北辙。在文明世界，要保持人类生活环境的理想水准，光靠建筑师的创造是不够的，必须有环境工程师处理那些文明生活带来的废物。严格地说，为了维护健康、卫生的现代生活，废物的处理比起美观的建筑还要重要。人类可以不必住在华美的宫室中，却无法与垃圾堆相伴。到了环工系，我才知道环境品质是由一群无名英雄所维护的，我才知道现代都市居民生产的废物多得可怕。回想几十年前贫穷的岁月，除了大小便之外，几乎不生产任何废物。记得在乡下，孩子的大便是狗的粮食，大人的大便是当然的肥料。每一张纸都很宝贵，一支铅笔可以用到半寸长。衣服更不用说了，一件孩子衣服，哥哥穿了弟弟穿，像样的衣服，父亲穿了儿子穿，像传家宝一样，要成为废物可真困难。如今可不同了，吃的东西，吃下去的少，丢掉的多。穿的东西，衣物堆积，穿不了几次就要丢。室内装饰与家具，几年换一次，丢到街上没人要，都成了废物。世界上衣食无着的穷人那么多，我们这样糟蹋东西，按过去的说法，应该遭天打雷劈。

二十世纪七十年代曾经发生了一次能源危机，文明国家忽然警觉起来了。节省能源，就是节省物资，减少环境破坏的速度。从那时候开始，知道多用几张纸就是多砍一棵树，所以有了使用再生纸的观念。

然而能源危机一过，大家很快又丢掉了节省的好习惯，甚至变本加厉，连杯子、碗盘也不洗了，用了就丢，至于纸张，由于电脑时代来临，自打印机上动不动就打印出一大沓。这些东西转眼都到垃圾桶里去了。全世界的经济都在迅速成长，跟着垃圾堆也愈堆愈高了。

如果先进国家不加节制，垃圾文化的时代就要来临了。焚化炉可能有一天会成为重要的公共建筑，在八里附近，建筑大师贝聿铭就设计了一座。愈来愈多的艺术家用垃圾堆积公共艺术，愈来愈多的空间是由垃圾填出来的土地，愈来愈多的专家以处理垃圾为专业。我们愈不希望看到它的丑陋，它愈会影响我们的未来。

谁都不希望看到垃圾，不希望它在家里、在后院，甚至在邻近的社区，然而，如果人人都不要它，就会引起丢弃垃圾的战争，难道要把垃圾丢到落后国家去吗？

也许有一天，研究废物利用的人多过研究开发能源的人。也许人类会发现，只要动一些脑筋，垃圾堆是最大的宝藏，可以用之不尽。因为我们在不断地制造，直到人类终于觉悟不再浪费有限的资源。

（本文出自《大地地理杂志》二〇〇四年二月号）

为上帝留些空间

我年轻的时候读过一篇小说《上帝的小园子》(*God's little Acre*)，故事内容已记不太清楚了，但是这篇小说的名字却印在我心坎上。世人所遗弃的角落，常常是上帝的意旨盛行之处。在世人倦于俗事的时候，回头注意一下大自然的生机，可以得到心灵的启发。

在文明社会中，我们为上帝保留的空间实在太有限了。城市文明把上帝自人类的住所中驱逐出去。城里的建筑，为了保留些空地，大多有法规限制，建蔽率是在住所中留住上帝的手段，可是城里人千方百计逃避法律，一味地想把地面盖满，其后果，除了在阳台上摆两盆花之外，城里人彻底与上帝分家了。自高空俯视，大部分的城市除了公园之外，都像寸草不生的沙漠。

好在有聪明人发明了公园，在人口密集的城市中，留一处自然是可贵的。但是城市居民还是饶不了它，先是用公用的建筑侵占，如博物馆、运动场、音乐厅，如是公立，就理直气壮地侵入。即使是空地，也没有让给上帝。人类发明了景观艺术，要用人的观点去约束自然，整治自然。

台北市的大安公园，市政府原打算建体育场，后因生态保护界齐声抗议，才改成森林公园。可是保护界所希望看到的森林，是要多给上帝留些运作空间，而市政府的官员们，却为了服务市民而大事建设起来。到过年过节，一些世俗味浓厚的花花草草的布景，把原本应该是朴素、宁静的森林，搞得人群拥挤，热闹非凡，比市场还要嘈杂。上帝早就被丢在脑后了。

我不时想，为上帝留些角落是真正文明人应做的事。这个小园子并不需要很大，即使是一坪、两坪都可以呈现生机。只要有土地，有阳光与雨水，上帝的力量就会发生作用。我家在民生社区一个宽广的街道上，原本前后院都有几坪的空地。初建完成的时候，花木杂草，是上帝的小园子，过了若干年，有些成为停车位，有些建成游乐园，都变成硬面了。有人胆大，索性建成房间，把上帝彻底驱逐出去了。为什么中国人如此痛恨自然？实在很难理解。

我家的后巷原本是很宽广的，如今空地被住户以各种方式利用，已经杂乱无章，不堪入目。我每走到那里就觉得，如有一群社区工作人士下点功夫，说服住户，把空间还给上帝该有多好。居住空间永远不够用，这是人类贪婪的毛病有以致之，可是为什么韩国人与日本人不会这样违章，扩充自己的室内空间呢？

为上帝保留一个小园子要从社区做起。社区工作者要有宗教家的精神去推动，先从革心做起。台北市是首善之区，居民的平均知识水准最高，应该可以接受环境的基本理念。如果每一住户都渴望为自然留个角落，了解多一坪室内面积对生活并无帮助，台北市的住宅区就不再有藏污纳垢的后巷了，而处处都会充满了生气。

然后，大家都要知道，绿色是自然的外衣，当然是愈少干预愈好。市政府不为公园绿地编制太多预算，就不会因为过多的施工，破坏了自然的秩序，只要尊重生态、勤加维护就好了。

（本文出自《大地地理杂志》二〇〇五年四月号）

返璞归真

文明社会在生活方式上的改变，自生活用品上开始，而这些用品都是工业产品，所以工业产品是生活方式改变的因子。一般说来，生活上有所改变大多是改善，也就是使人类的生活更幸福、更满足；这是工业生产的动机。可是工业发展到一定的程度，生活改变得太多，就积重难返，形成不得不改变的情势。这时候，工业产品反而成为伤害品质的祸首了。所以人创造了机器，反而成为机器的奴隶。有时候想逃也逃不掉。这就是文明人的悲哀。

举例来说吧，汽车是工业产品中，改变人类生活方式最明显的例证。汽车用来代步，帮我们克服空间的距离。在没有汽车的时代，普通人以步当车，每天步行走上十几公里已经是远游了。大家都住在村落里，活动范围很小。有钱人骑马或乘马车，虽可扩大活动范围，但养马不易，不是一般人所能拥有的奢侈。为了解决代步问题，人类发明了汽车，并很快地用大量生产的方式，满足一般人的需要。因此生活空间的距离改变了。

这是很令人兴奋的发明。有了汽车的社会，空间忽然缩小了。在过去自台北到淡水一趟，可能是一件大事，要花几天时间才能完成的，在今天只要几个小时就解决了。有了高速公路，我们坐在方向盘的后面，感到一种控制速度的快感。因为一部小车可能有几十匹马的力量，使你随心所欲、轻而易举地向前冲去。

这是一种生活的改善与满足，可是汽车逐渐创造了一个由它所主导的社会，首先就是扩散的都市。城市的建设以汽车的距离来完成，没有汽车的人就很难享受现代都市的设施，即使勉强生存，也只能辛苦过日子，成为社会的边缘人。

美国人因为有汽车才住到市郊或山中美丽的别墅，可是，吃一碗面却必须开几十公里的汽车。没有车或是不开车的人，只好住在到处都是停车场的商业区附近，忍受汽车噪音与废气之苦，所以各大城市才花大钱兴建地铁。

有了汽车，生活品质真的改善了吗？我看大有问题。回想没有汽车的时代，大家住得比较亲近，邻里气氛浓厚。出门走走会感受到田野的情趣。要买什么，都在步行距离之内，店铺都是亲友所经营。这种纯真的生活一去不复返了。

现代工业发展到今天，其产品使我们改变生活习惯，逐步放弃朴质的生活，已经到了积重难返、必须奋力抵抗的程度。政府近来强制限用购物用塑料袋与塑料免洗餐具，就是抵制工业产品，维持生活品质、降低环境负荷的一个步骤，返璞归真，大家应该支持才是。

购物用塑料袋与免洗餐具是很方便的生活用品，却大幅地降低了生活品质，在没有这些东西的时候，太太们出门买菜提菜篮子，吃饭时用瓷器餐具。那不只是用具，而且是文化。究竟塑料制品满足了我们什么？只是使我们偷懒而已！免洗餐具不必花工夫洗，有了塑料袋不必出门带篮子，又省了多少？方便了多少？

牺牲生活文化品质，养成偷懒的习惯，是强化了中国先民传统中马虎又不嫌脏乱的缺点，使我们更难站上时代的尖端，成为世界级的公民。

（本文出自《大地地理杂志》二〇〇三年五月号）

体悟生命的美感

　　也许是一种偏见，我认为蝴蝶是最美丽的生物。我不是生物学家，向来以为上帝设计生物都是有道理的，然而却参不透蝴蝶存在的道理。为什么蝴蝶翅膀有那么多花纹，每一种花纹都那么美呢？蝴蝶翅膀的图案与它们的生存有没有关系？图案是反映生态环境吗？在我看来，上帝特别设计出五彩缤纷的蝴蝶，是专为讨人类欢心的。说不定那是上帝对人类虔诚崇拜的一种奖赏，让人类偶尔欢乐一下。

　　二十年前，在我筹划自然科学博物馆时，曾想到蝴蝶。当时是想在一般展示室之外，弄一个活体展示；因为我知道观众比较喜欢活的东西。自然科学是以生物为主，活体的展示有些什么可能呢？植物园最容易，可是植物不动，对观众而言，活的等于死的。动物园太庞大了，由博物馆来经营，又容纳不下。最后我想到的是水族馆。我实地考察了世界几座著名的水族馆，觉得博物馆可以容纳得下一座中小型的。可是台中市离海较远，设水族馆的成本高，应该由未来的海洋馆来设立较为适当。实在没法，脑筋便转到蝴蝶园上去了。

　　为此，我到英国出差的时候，特别到著名展示设计家葛登纳设计的一座蝴蝶园参观。该园的设计主要在景观方面，结合美丽的景观与蝴蝶的栖地，外面加一个罩子，蝴蝶不要飞走就成功了。照说这是一个低成本、高吸引力的想法。我不满意的是，也许是季节的原因，也许是栖地环境的原因，我走过几个蝴蝶园看到的蝴蝶种类都太少，没有很动人的品种出现，有时甚至只有一种，这样的蝴蝶园实在太对不起上帝了。

后来我知道，要创造一个多种蝴蝶飞舞的世界，让彩色灿烂的翅膀落在小女孩头发上的那种浪漫景象，事实上是不可能的。何况台湾位处亚热带，温室中的温度很容易过热，要控制适合各种蝴蝶生存的环境十分不易。因此我就不得不知难而退了。

很失望地放弃了我的梦想，在科学博物馆的展示中完全放弃了蝴蝶。我知道台湾是蝴蝶的王国，台湾有各种各样的蝴蝶为爱蝶人所欣赏。我也曾到埔里的蝴蝶馆看他们搜集的大量标本，知道他们向外国，特别是日本，输出了不少美丽的蝴蝶标本。要在科博馆成立一个陈列各类蝴蝶标本的展示是很容易的，也很应该的。可是我失掉了兴趣，因为我觉得，只展出它们美丽的翅膀实在太辜负上天的好意了。我觉得蝴蝶与热带鱼一样，色彩艳丽，但是要看到它们飞，或在水中游动，才能体悟生命的神奇，如果只是标本，请他们到蝴蝶标本馆去看吧！

《大地》要倡导民众在阳台上养蝴蝶，使我大感兴奋。养热带鱼已经成为城市居民以活体动物美化心灵的方式，如果可以养蝴蝶，不但可以了解生态环境的意义，又可欣赏蝴蝶之美，应该是一举两得。如果不太困难，我也很愿意在阳台上一试，弥补当年构想蝴蝶园不成的遗憾。

（本文出自《大地地理杂志》二〇〇四年五月号）